あんの青春
春を待つころ

お勝手のあん

柴田よしき

角川春樹事務所

目次

あんの青春
～春を待つころ～

お勝手のあん

一　おあつさん

「今夜あたり、初雪かな」

品川宿の旅籠、紅屋の料理人、政さんが灰色の空を見上げて呟いた。

「しんと寒さが染み込む感じがするな」

　お江戸の大地震からもうすぐふた月となり、ようやく品川宿も落ち着きを取り戻しつつある。避難小屋に寝泊まりする人も少なくなって来て、親類縁者や知人を頼って新しい生活の地へと旅立つ人が、毎日届けてもらった握り飯の御礼を言いに、わざわざ紅屋に寄ってくれたりもする。紅屋も地震で瓦が落ちたり、井戸の囲いが崩れたりと細かいところで被害が出ていたが、幸いなことに大旦那様はじめ家人にも奉公人にも怪我はなく、奉公人の家族も皆無事だった。ただ、避難小屋や宿の大広間に避難して来た人たちに振る舞った握り飯で蓄えてあった米があらかた使い尽くされ、佃煮やら漬物やらも無くなってしまった。番頭さんは遠州あたりまで出向いて米問屋から米を買い付け、政さんは毎日大鍋で佃煮を煮、おまきさんは大根をかたっぽしから干している。

お勝手の女中見習いのやすは、この冬、干し柿作りを任された。干し柿は甘くて八つ時に人気だが、料理にも欠かせない食材だ。裏庭の柿の木は毎年よく実をつけてくれる。下に落ちた柿は熟れすぎているので、梯子をかけて木に登り、適当に熟れた柿を背負った籠に入れる。皮を丁寧にむいて、へたのところに細縄をかけて柿の実を連ね、勝手口の軒に吊す。もたもたしていると小鳥がついばんで実に穴をあけてしまうので、実が熟し始めたら毎日木に登り、一個でも多く干し柿を作る。政さんが作る柿なますはとても美味しい。

お江戸の町には柿の木は少ないのだろうか、干し柿は冬には大切な食べ物で、特に正月の膳には縁起物としても欠かせない。それなので振り売りが干し柿も売って歩くと聞いた。特に人気があるのは「たていし」と呼ばれる干し柿らしい。干し柿一つにも人気の産地というものがあるのだ。何につけても、お江戸というのは大したところだと思う。品川からは高輪の大木戸を抜けて半日で行けるほど近いのに、別世界のように思えることもある。

「今夜は湯豆腐にしようか。そろそろ豆腐屋が顔を出すだろう、おやす、夕方までに二十ばかり、作って持って来てくれと頼んどいてくれ。湯豆腐にするから、とちゃんと伝えるんだぞ」

「へい」

紅屋に出入りしている豆腐屋、まめやは、振り売りはしないで朝のうちに旅籠や料亭を回って注文を受け、夕餉の支度が始まるまでに届けてくれる。だからいつも出来たての豆腐をお客に出すことができるし、料理によって豆腐の水加減を変えてくれるので、固めの豆腐を使いたい時でもあらかじめ伝えておけば水切りの手間もいらない。

政さんの湯豆腐は、『豆腐百珍』に載っている湯豆腐を土台にして、豆腐を炊く水にほんの少しだけ葛をとく。感じるか感じないか程度の葛湯が、豆腐の滑らかさとあいまって口の中を至福の感触で満たしてくれる。ただし、葛が多すぎてもったりしてしまうと、せっかくの豆腐の食感が失われる。葛の濃さは季節によって変える。夏場はただの湯でとろみはつけず、真冬の身が凍るような季節はかなりとろとろに。今の時分なら、ほんの少し湯に重さがあるかないか、というくらいだろうか。

湯の中には特上の昆布を敷くが、昆布臭くならないようにお客に鍋を出す寸前にはひきあげる。

つけ醤油には酒をほんの少し入れて煮切り、削った鰹節をたんまり、葱を刻んだものもどっさりと入れて、湯豆腐を出す小鍋の中に陶器のそばつゆ碗を入れてそこに張る。おこった備長炭をひとかけら、素焼きの壺に入れて網を載せ、その上に小鍋を載せてお客の前に出す。湯豆腐の湯でつけ醤油まで温まり、鰹節の香りが立って、運んでいく部屋付き女中たちは思わず生唾をのみこんでしまうと言う。

さらに、政さんの湯豆腐には決め手があった。

柚子である。柚子の皮をおろし金でおろしたものを、別に添える。鰹節のつけ醤油で湯豆腐を食べて、少し飽きが来た頃に柚子の皮をほんの少し、ぱらっとつけ醤油に落としてまた食べると、それまでとまったく違った清々しい香りに、また箸が止まらなくなるのだ。

そして、湯豆腐、と聞けばやすも思わず生唾が口に溜まる。お客に湯豆腐を出した日は、奉公人の賄いも湯豆腐になる。お客に出すような小鍋で一人前ずつ温めるといった手間なことはもちろんせず、大きな土鍋をみんなでつつくのだが、最後に鍋の底に残った豆腐のかけらを網杓子ですくって、白飯にのせ、つけ醤油の底に沈んだ削り節も網杓子で取り出してその上からかける。鍋の湯をほんの少し、葱を刻んだもの、柚子の皮も、残りがあればのせてしまい、かきまわして食べる、豆腐飯。紅屋の賄いは毎日美味しいが、この豆腐飯は特にやすの好物なのだ。

「こら、おやす。手を動かせ、手を」

政さんに怒られて、やすは慌ててまた干し柿作りに戻った。

まめやの御用聞きが姿を見せたので注文を済ませ、柚子をもらいに出た。紅屋の裏庭には柿の木はあるが、柚子の木はない。品川宿を高輪大木戸に向かって半里（約二キロメートル）ほど歩いたところに政さんの親戚が団子屋を出していて、その家の庭には立派な柚子の木があり、毎年鈴なりに実をつける。その柚子をもらい受け、代わりに干し柿が出来たら届けるのも、冬の仕事の一つだった。

「おくまさーん」

店の裏にまわって勝手口から呼びかけると、政さんの従妹にあたるおくまさんが顔を出してくれた。

「おや、おやすちゃん。あれ、柚子かい？　今年は早いね」

「この冬お初の湯豆腐なんです」

「今年は柚子の実の育ちが遅いんだよ。まだ青いのもあるくらいだよ。湯豆腐だったら黄色のがいいよね。ちょっとお待ち、今、もいで来るから」

「へい。お手数かけます」

「そこに腰掛けて待っておくれ。あ、そうだ、みたらし食べるかい」

「おつかいに出てお団子をいただいたら、政さんに怒られます」

「言わないでいたらいいじゃないか。おやすちゃんは馬鹿のつく正直者だねえ」

おくまさんは笑いながら奥に引っ込んだが、すぐにまた現れた。その手には小さな盆があり、みたらし団子二串と茶碗が載っていた。

「いいから、食べながら待ってなさい。うちは団子屋なんだから、お客に団子を出さないわけにいかないからね」

おくまさんはいつも親切で、こうして何やかやとやすをもてなしてくれる。団子を焼くのはおくまさんのご亭主、小吉さんで、甘辛いたれはおくまさんが仕込んでいる。みたらしの他にも、あんこをのせたものや、春ならばよもぎ団子、秋には白餡に栗の甘露煮を刻んだものを混ぜてのせたりと、おくまさんが工夫した変わり団子が人気だ。料理の勘がいいのは、政さんの一族の血なのかもしれない。

そして、お茶。

やすは政さんに連れられて、ここで初めてお茶をいただいた時のことが忘れられない。紅屋では奉公人が飲むのはもっぱら番茶で、煎茶が飲めるのは正月休みの間くらいだ。それでも好きな時に好きなだけ茶が飲めるというだけでも、紅屋の奉公人は恵まれている。

町中の茶屋や団子屋で出されるのも、普通は番茶。団子を食べずに茶だけくれと注文すれば、煎茶を出すところもあるらしいが、おあしをいただかずに出す茶をおごる店は珍しいだろう。それがこの団子屋では、いつも煎茶が出される。美しい緑色をした、芳(かぐわ)しいお茶である。絶妙な甘辛さが嬉(うれ)しいみたらしのたれと、もっちりしているのに嚙(か)むと優しく歯が入る、香ばしく焼かれた白い団子。そして緑色の煎茶。

こんなに贅沢(ぜいたく)なものを一人でいただくなんて。

後ろめたさに何度も一串残そうかと迷ったけれど、結局やすは二串綺麗(きれい)に平らげてしまった。

空になった皿を盆に返し、飲み干してしまうのを名残り惜しく思いながら茶をすすっていると、勝手口に人の気配がした。この店はおくまさん夫婦が人を雇わずに切り盛りしているので、もちろん奉公人も小僧もいない。近所の人が訪ねて来たのだろうか。

と、半分開いたままだった勝手口の戸が動いて、顔を出したのは、年若いご新造さんだった。いや、歯黒(はぐろ)めをしていないので、まだ娘さんなのかもしれない。おそらく、やすの親友である品川宿随一の大旅籠、脇本陣百足屋(わきほんじんむかでや)のお嬢様、お小夜(さよ)さまよりも一つ、二つは年上だろう。落ち着いた色合いの着物を着て、髪も人妻のように地味にまとめているけれど、抜けるように白い肌は輝いて、頰(ほお)には桃のような赤味がさしている。美女、というような顔立ちではないけれど、この上なく上品で優しげで、黒目がちな瞳(ひとみ)は、面白い芝居でも見ているかのように煌(きら)めいていた。

「あら」

見知らぬ女の人は、やすを見て微笑(ほほえ)んだ。

「お客さまでしたか。おくまさんはおいででしょうか」

ひどく丁寧な言葉遣いに、やすは緊張して立ち上がった。

「へ、へい。今、柚子もぎに庭に」

「柚子もぎ？　まあ、お庭に柚子があるのですね。柚子はとてもいい香りがしますね」

「へ、へい」

「わたくしは、篤子(あつこ)と申します。おくまさんにお団子の作り方を教えていただくお約束でしたの」

あつこ。お武家様のお姫(ひい)さま？　町人ならば、自分のことをそんな風には名乗らない。

「や、やすと言います」

「おやすさんね。おくまさんのご親戚でしょうか」

「いえ、あの、知り合いが親戚で、その」

どう言って説明すればいいのかわからず、やすはしどろもどろで顔を伏せた。

「あら、おあつさん」

おくまさんの声が聞こえてホッとした。笊(ざる)に並べた柚子の実を抱えていた。黄色く熟しているものもあるが、まだ青さが抜けていない実も混ざっている。師走(しわす)も近いというのに。

「お団子の作り方を教えていただきに参りました」

「あらら、今日だったかしらね！　ごめんなさいね、すっかり忘れちまってた」

「ご迷惑でしたら出直しますが」

「迷惑なんてことはちっともありませんよ。団子は毎日作ってるもんだから、準備もいらないしね。あ、おやすちゃん、このお人はね、おあつさん。お江戸から時々、川崎(かわさき)のお大師(だいし)さまにお参りにいらっしゃってて、途中でうちに寄ってくださるようになってね、団子を作ってみたいって言うから、そんなもんいつでもお教えいたしますよ、って。おあつさん、この子は紅屋って旅籠の女中さんで、おやすちゃんです。とってもいい子でね、料理も上手だし、抜群に鼻が利くんですよ」

「はな？」

「鼻です、この鼻」

おくまさんは、人差し指で自分の鼻を押した。

「あたしなんかの出来損ないの鼻と違って、この子の鼻はお犬様並みなんですよ」

「あら、それは素敵ですね。わたくしはあまり鼻がよくないようで、お香の嗅ぎ分けも上手にできません」

「お香の嗅ぎ分けなんか、上手に出来なくてもかまわないじゃないですか。自分が好きなお香をたいてればそれで。まあ、あたしらはお香なんざ、晴れ着を着た時だってたきはしませんがね。お香ってのは、あたしらには線香しかないさね。あれ、ところで今日は、婆やさんは」

「外に待たせてございます」

「あらやだ、婆やさんも入ってもらってくださいよ。団子作りなんてそんな面白いもんじゃないかもしれないけど、外に立ってるよりは退屈しないわよ」

あはは、とおくまさんは笑った。

「それじゃ、おやすちゃん、政さんによろしくね。今年もゆべしを作るんなら、頃合いになった傷の入ってない実を採って届けるからって伝えとくれ」

「へい」

「外にね、おあつさんの婆やさんがいらっしゃるから、中に入ってくださいと伝えておくれ」

「へい」

勝手口から外に出てみると、柳の木の下に、白髪をきっちりと結いあげた、姿勢がとてもいい老女が立っていた。やすを見ると小さく頭を下げる。その仕草には親しみは感じられず、どちらかと言えば拒絶されているかのようなひんやりとしたものがあった。

「あの、どうぞ中にお入りください、とおくまさんが言ってます。中で、お団子を作るところを一緒に見てってくださいと」

「わたくしはこちらで構いません」

「あのでも、それだとおくまさんが気にします」

老女はやすの顔を少し睨むようにして見てから、ほんのちょっとだけ表情を緩めた。

「わかりました。ではお邪魔いたします」

老女はもう一度やすにお辞儀をしてから中に消えた。

ふう、と、やすは思わず溜め息を漏らした。なぜなのか、あの老女の前ではとても緊張した。婆やさんというからには、あの人も奉公人なのだろうが、あの上からすべてを射すくめるような、強くて厳しい視線が苦手だ、とやすは思った。あの人もお武家様の出なのだろうか。けれど、お武家様なら紅屋のお客にもたまにいるし、品川宿にもご浪人様はたくさん暮らしている。そうしたお武家様たちとは、どこかまったく違う人、という感じがする。

やすは団子屋をあとにしたが、威圧感のある婆やさんを含めて、おあつさん、というお人のことが頭から離れなかった。

あんな人には、会ったことがない。

毎日旅籠に上がるたくさんの旅人を見ているやすには、おあつさん、が特別なお人に思えて仕方なかった。ただ単に品がいい、言葉遣いが丁寧だ、というだけではない、自分には想像もできない世界の人だ、という気がした。

「それ、旗本の奥様とかそういうのではないかしら」

お小夜さまは、変な形のお手玉のようなものをたくさん並べて、それを真剣な顔であちこちと動かしながら、開いた本に描かれた絵と見比べている。

やすはそのお手玉のようなものをできるだけ見ないようにしながら、お小夜さまが縫い物のお師匠から出された宿題の手伝いをしていた。

大地震のあとしばらくは、百足屋の大広間が怪我をした人たちの療養所に開放され、蘭方医が治療にあたっていて、お小夜さまは蘭方医のお手伝いに張り切っていらしたが、今は即席の療養所も閉鎖され、お小夜さまにはお嫁入りに備えて縫い物や茶道を教えるお師匠がついている。と言ってもお嫁入りの先が決まったわけではなく、お小夜さま自身も、蘭方医になる夢を諦めてはいない。

　おかしな形のお手玉は、なんと、人の臓腑の形をしているのだ。赤い布の袋に小豆を詰めて、お小夜さまが一つずつ、医学の本に出ている絵を見ながら縫った。浴衣を縫うのはぶうぶうと文句ばかり並べて一向に進まないのに、臓腑のお手玉となると楽しそうに作る。一つずつを見れば、形は変だけれどただ赤い袋に小豆を詰めただけのものなのだが、それを大きな紙に描いた人の体の上に置くと、途端に気持ちの悪いものに思えて来る。なのでやすは、縫い目に目を凝らしているふりをして、出来るだけお小夜さまの手元は見ないようにしていた。

　障子を通して差し込んで来る淡い冬の日差しの中で、光の影になったお小夜さまの横顔は、鼻やまつ毛の形しかわからない。それでもそれだけで、充分に美しい。こんなに綺麗なお嬢様が、人の臓腑を模ったものを手に、楽しそうに蘭方の勉強をしているなんて。なんと突飛で浮世離れのした光景だろう。

やすはなんだかおかしくなって、くすりと笑いが漏れるのを懸命に堪えた。

「旗本の奥様というのは、やはり違うものですか」

「そりゃあね、品川宿でよく見かけるご浪人様の奥方とは、着てるものからして違うわね。まあこの頃は、旗本と言っても暮らし向きにお困りのところも多いみたいで、旗本の奥様だからって良い着物が着られるわけでもないみたいだけど」

お武家様よりも、百足屋のように大きな旅籠や料亭、あるいは大店の商人の方が暮らし向きが良い、というのは耳にしたことがある。

「でも着物は粗末だったとしても、旗本にお嫁入りするような方は小さい頃から厳しく躾けられていて、立ち居振る舞いも武家の出らしく、静かで素早くて、背筋なんかも真っ直ぐに伸びていて姿勢が良くて。そういうとこ、やっぱり違うのよ、きっと。だってお武家の家に生まれたら、晴れ着を着ていても胸に短刀を忍ばせるんですって。狼藉者に何かされたら、その場で喉を突いて死ねるように」

お小夜さまが短刀で喉を突く真似をしたので、やすはどきっとした。

「ご亭主がお腹を召されたら、やっぱり喉を突いてあとを追わないとならないし、なんだかとても窮屈よね、お武家の家に生まれるって」

「でも歯黒めをされていらっしゃいませんでしたよ」

「あら、そうしたらまだ娘さんなのかしらね。田舎（いなか）だと人妻でもかねつけをしないと聞いたことがあるけれど、嫁ぐ前でも年増（としま）になるとするともいうし、よくわからないわね。わたしはあれ、大嫌い。なんだか気味が悪いんですもの、歯が真っ黒なんて。お嫁入りしたらかねつけをしないといけないのかと思うと憂鬱（ゆううつ）だわ。それにすぐ落ちてしまうんですって。毎日毎日、歯を染めるのに半刻（はんとき）も費やすなんて、うんざりしない？」

紅屋の女中は、やす以外みな歯を染めている。おしげさんのように独り身の女中もいるのだが、ある程度の歳（とし）になれば独り身でも歯は染めるものらしい。

「芸者になれば染めないでいいのよね」

お小夜さまが言った。

「眉（まゆ）も抜かないでいいみたいだし、いいわよね、芸者って。でも三味線（しゃみせん）だの琴だの踊りだの、毎日毎日お稽古（けいこ）をしないといけないのよ。それは無理ね、わたしには」

芸者、という言葉を耳にすると、やすの胸には微（かす）かな痛みが走る。紅屋の部屋付き女中頭のおしげさんには、飾り職人の弟、千吉（せんきち）さんがいる。その千吉さんが、売り出し中の芸者、春太郎（はるたろう）さんと恋に落ちた。二人の駆け落ち騒動にやすは関（かか）わることになってしまい、結果的に、二人の恋路を邪魔することになってしまった。春太郎さんには身請け話が持ち上がっていたが、どういう経緯か、それは立ち消えになったらしく、春太郎さんは今でもお座敷に出て人気を博している。

やすは、二人の仲を引き裂く手助けをしてしまったことが、いつまでも心苦しい。

「うーん、和蘭（オランダ）の言葉は難しいわ」

「お小夜さま、和蘭の言葉が書いてあるのですか、その本には」

「そうよ、もちろん」

一体いつの間に、お小夜さまは和蘭の言葉など勉強なさったのだろう。やすは自分のことが少し恥ずかしくなった。日々の仕事で手一杯、というのは言い訳に過ぎない。政さんだって若い頃は、台所を使い回され追い回されて、休む暇などなかったはずだ。それでも政さんは、料理の本をたくさん読んでいる。寺子屋にすら通ったことがない、かなも読めなかった政さんが、難しい字も料理に関する言葉ならほとんど読みこなすことができるのは、少しの時でも見つけては、こつこつと勉強を続けていたからだ。わたしも、ただ仕事をして寝るだけの毎日では、夢を叶（かな）えることなど到底できやしない。何かしなければ。何か。

「これ、なんだかわかる？」

お小夜さまが赤いお手玉の一つを持ち上げた。なんだろう。丸いのか三角なのかよくわからない形。拳一つくらいの大きさ。

「これが、心の臓。あんちゃんの胸にも、こんなのが入っているのよ」

お小夜さまは、最近ではすっかり、やすのことを「あん」と呼ぶようになってしまった。本当は「やす」にどんな字をあてるのが正しいのか、やす自身も知らない。父親に訊けば判るのだろうが、やすが女衒に売り飛ばされて以来、父親とは手紙一通のやり取りもないので、生きているのかどうかさえ、やすにはわからなかった。お小夜さまは、安、という字がいいと勝手に決めて、だから「あん」と呼ぶ。

「それが……」

気持ち悪い、と思ったが、同時になぜか目が離せなかった。自分の胸にもあんな形のものが入っている。

「これがね、どくん、どくんと動いているの。止まったら死ぬのよ」

「驚いた時に、胸がどくどくします」

「そうそう、それ。あのどくどくは、これが速く動いている音。びっくりすると、これが速く動くの。駆けっこをしたあとなんかもどくどくするでしょ」

「へえ」

やすは思わず、自分の胸を押さえた。

「好きな人の前にいる時も、これが速く動くの」

お小夜さまは肩をすくめた。

なべ先生、もとい河鍋(かわなべ)先生は、お小夜さまの思いびとだ。そして同時に、やす自身の初恋の相手でもある。脇本陣百足屋に逗留(とうりゅう)して、お小夜さまの絵や品川宿の風景を描(か)いていたのだが、ついでにお小夜さまとやすに、絵を教えていた。大地震の前に江戸に戻り、地震の後で描いた絵が評判となって、今は人気絵師の仲間入りをしたらしい。

「わたしもまた、これが速く動くようなお方に巡り会えるのかしら」

「お小夜さまならきっと、すぐに巡り会えます」

「そうはいかないと思うわ」

お小夜さまは、心の臓のお手玉を元に戻した。

「療養所を閉めたばかりで、まだこの品川にも地震で家を失った人が大勢いるのに、お父様ったらもう、わたしのお嫁入りのことばかり考えているのよ。わたしは蘭方医になりたいのです、とお父様に何度も言ったのに、女は医者にはなれないよって笑うばかりで。だったらせめて、お医者のところにお嫁に行きたいと言ったのに、ならばと持ち出して来るのはみんな漢方医との縁談ばかり。漢方医ならば実入りが良いからお前が苦労せずに済むってお父様はおっしゃるの。でも蘭方医はお金を稼ぐどころか、幕府に睨まれているからこの先、ご禁制になるかもしれない、そんなところに嫁にはやれないって。でもあんちゃんも見てわかったでしょう？　怪我を治すのは蘭方医の方がずっと上手にやれる。本当は怪我だけでなく病気だって、蘭方医なら治せるものがたくさんあるのよ。漢方医にも名医はいらっしゃるし、優れたところはたくさんある、それはわかるの。けれど、これからの世には、蘭方医はぜったいに必要なのよ」

やすには、医学のことは何もわからなかった。けれど、治療の手伝いをしている時の、お小夜さまの生き生きとした姿は思い出せる。

あの時のお小夜さまは、本当に輝いて見えた。やすには眩（まぶ）しいと感じるほどに。

「そうそう、河鍋先生からお手紙が届いたの」

お小夜さまは、文箱（ふばこ）から手紙を取り出した。

「あんちゃんと二人で読んでください、って書いてあるの。だから読まないでとっておいたのよ」

巻き紙の表には、確かに、おやすさま、という文字が見えた。政さんに教わって、やすもかなは全部読めるようになった。漢字も料理に関するものなら大体読める。

「ほら、お小夜さま、おやすさま、って名前が並べて書いてあるでしょ」

お小夜さまは、するすると紙をほどいた。

「まあ、絵手紙！」

現れたのは、お江戸のさまざまな出来事を絵にした絵手紙だった。やすはお小夜さまと並んで、頬をくっつけるようにしてそれを眺めた。

「あらすごい。地震でこんなふうになっちゃったのね」

まずは、倒れた塀や壊れた家の絵があった。それからなまずの絵。なべ先生が人気絵師になるきっかけとなった、なまず旦那だ。

そして遊郭の様子だろうか、花魁（おいらん）の姿がある。前太鼓にした帯がとても豪華だ。

それから玉子焼きの絵と、文字が添えられている。

「拙宅のにわとりが地震に驚き、卵を生まなくなり候。玉子焼きが食べたく候。ですって」

お小夜さまが笑い、やすも思わず噴き出した。

他にも次々と、楽しい絵が続いた。なべ先生が元気にしていること、日々楽しく過ごしていることが伝わって来た。

「近々また品川にも立ち寄りたく思い候。おふたりともどうかお達者で、機嫌良く過ごされたし」

お小夜さまは手紙に顔を近づけた。

「これ、何かしら。最後に何か書いてあるの。……きょうさい？」

「きょうさい」

「そう読めるんだけど……酔狂の狂、という字に、一龍斎とか斎藤の、斎。まさかこれ、先生の新しい雅号？」

「酔狂の、きょう」

「名前に使う字ではないわよねえ。どうしてこんな雅号にしたのかしら。本当におかしな方ね、先生って」

お小夜さまが、困ったように笑った。

「お父様が言ってらしたわ。あの方は天才なんですって。そして天才というのは、普通の人とはどこか違っているものなんですって」

「けど、先生はお優しくて親切です。変ではありません」

「そうだけど、でも変わり者なのは確かよ。うちに逗留する以前に、あの方は館林藩の御用絵師だった坪山洞山という方のご養子に迎えられたのよ。御用絵師の養子になるなんて、よほどの才があったんでしょうね。そのまま修業を続けていれば、どこかのお大名の御用絵師として裕福な暮らしが出来たのに、奇行のせいで坪山家から離縁されてしまったらしいの」

「きこう?」

「おかしなことをすることよ。先生は絵に夢中になると、お行儀を気にしなくなってしまうんですって。お父様が噂で聞いただけだから本当なのかどうかわからないけれど、遊女の着物の模様を写生するのに夢中になって、嫌がる遊女を追いかけまわしたりしたんですって」

お小夜さまは、くく、と楽しそうに笑った。

「でもきっと、それだけじゃなかったんだと思うわ。そんなことだけで離縁なんて、坪山家まで笑いものになるもの。多分先生は、お師匠様の言うことに逆らったり、言われた通りの絵を描かなかったんじゃないかしら。お父様から聞いたんだけど、坪山洞山先生という方は狩野派という絵の流派に属していらして、狩野派というのはとても型を重んじる、基本にうるさい流派らしいの。画力がよほど高くないと狩野派で出世することは出来ないそうだけれど、あまり個性的なのも疎まれるようなの。先生のことだから、お師匠様にずけずけと思うところを述べたり、ご自分の描きたい絵をどこまでも求めてしまって、坪山家の流儀に反することをたくさんしてしまったんじゃないかしら」

　そう言えば、なべ先生本人から不行跡のせいで離縁されたと聞いていたが、今でも信じられない。やすにとってなべ先生は、物静かで優しくて、とても品のいいお方だった。遊女を追いかけまわして離縁されるような方には思えない。

「信じられない、って思うでしょ？　でもあの方が変わり者だというのは、ただの噂ではなく本当のことらしいわ。わたしやあんちゃんと一緒の時は、むしろ真面目過ぎて困るくらいなのにね。きっとあの方は、偉そうにしている人が嫌いなのよ。お父様がね、そういう人が世の中にはいるものなのだと言ってらした。上から見下すような態度の人や、いつも威張っている人、お金やら立場やらでなんでもできると勘違いしている人、そんな人のことが大嫌いで、何かと逆らって見せる人が。世の中を動かして行くのは、あの方のように、そうした偉そうにしている人たちに逆らう者たちなんですって。なんとなくわかるような気がするわ」

「なべ先生も、世の中を動かす人になるんでしょうか」

「さあ、どうかしら。わたしは、あの方は自分で世の中を動かすというより、動いていく世の中を絵に描きとめようとするんじゃないかと思う。でもそうしてあの方が描きとめたものが、新しい絵を生み出していくんだわ、きっと。あんちゃん、これあげる」

お小夜さまが、赤いお手玉の一つをやすの方に放った。思わず受け止めてしまったが、それはさっきの心の臓とはまるで違う、蛇に似た形のお手玉だった。ぐねぐねとした長い、赤い蛇。

「な、なんでございますか、こ、これは」

「なんだと思う？」

「わかりません」

「それもお腹の中にあるのよ、あんちゃんにも、わたしにも」

「こ、こんなに長いものが！」

「お腹の中ではしっかり畳まれて、小さいところに押し込まれているの。それが、はらわた」

「はらわた！」

やすは思わず、手にした長いお手玉を放り投げた。お小夜さまが笑った。

ただのお手玉、布を縫って小豆を入れただけのものとわかっていても、はらわたを模ったと言われたらやはり気持ち悪い。お小夜さまは、やすが放り投げたはらわたのお手玉を、なんと首に巻いてしまった。

「こんなことしてるって知られたら、誰もわたしをお嫁にもらってくださらないわね。

でもその方がいいわ。そうだ、今度もし河鍋先生が品川にいらしたら、臓腑のお手玉をわたしのからだの上に並べて、それを絵に描いていただこう。あの方ならきっと、面白がって描いてくださるわね！」

なべ先生よりもお小夜さまの方が、よほど変わり者ですよ、と、やすは口に出さずに思い、下を向いて笑いを堪えた。

二　香りの道

「旗本の奥様？」

「へえ、お小夜さまは、そうではないかと」

「旗本の奥様が、おくまのとこで団子の作り方を習ってたって？」

政さんは笑った。

「そんな馬鹿なことあるわけないだろう。おくまの団子は確かに美味いが、特別な作り方をしてるわけじゃない、ただの団子だ。わざわざ奥様が作り方を習いに来なくたって、お女中に習わせればいいだろうが」

「やっぱりそうですよね。おあつさんは、お武家の奥方さまではないんでしょうね」

「大店の嫁なら、実家が武家ってことだってある。この頃じゃお武家も暮らし向きは大変らしくて、娘を武家に嫁がせるより裕福な商家に嫁がせた方がいいってことにもなるらしい。そのおあつさんって人も、実家が武家で厳しく躾けられて育った人なんじゃないか。それにしても、大店の奥様でも自分で団子屋に弟子入りするなんてのは、ちょっと聞いたことがないがなあ。ま、世の中いろんなお人がいらあな。そのおあつさんも、自分で料理をするのが好きな奥様なんだろう」

「奥様でも歯黒めをなさらない方もいらっしゃるんですか」

「さあなあ、あれはもともと、高貴な身分の方たちの慣わしだったらしいから、俺の周囲では歯を黒く染めてる女の方が少ないぜ。紅屋の女中はみんなやってるが、長屋に帰れば、年増でも子持ちでも、歯が黒くない女はいくらでもいるよ。あの、かね水ってのはなかなか手がかかるもんらしいじゃねえか」

政さんは、女の人の慣わしには疎いようだ。やすは腑に落ちない心持ちだったが、考えても仕方ないので、おあつさんのことをあれこれ考えるのはやめた。

「おくまさんが、今年もゆべしを作るなら傷のない実をとっときますって」

「ゆべしか。どうするかな」

「去年のゆべしは美味しかったです」

「ゆべしは日持ちがするからな、味もなかなかおつなもんだし、作りたいんだが……手間がかかるからなあ。今年のゆべしは、おやす、おまえが作るか」

「へい。やらせてください」

「よしわかった。ならおくまに頼んで、次の実が熟れたらもいでもらおう。おまえまた、受け取りに行っておいで」

「へい！」

やすは嬉しかった。ゆべし作りは、特別な作業だ。柚子ゆべしには白い砂糖や上等の味噌(みそ)を使うので、宿で気軽に客に振る舞うお菓子ではない。ここぞ、という時に薄く切って出す。どちらが好きかと問われたら困るが、干し柿作りを任されるのとゆべし作りを任されるのとでは、重みが違う。だが手間がかかるのは干すまでで、干してしまえばあとは干し柿と同じ、冬の風が美味しくしてくれるのを待つだけ。

中に詰める味噌の味付けは政さんが行う。政さんは、渋い八丁味噌と甘い白味噌を両方使う。混ぜ込むのは砂糖、塩、味醂(みりん)など。品の良い味にする為(ため)に、料理には滅多に使わない白い砂糖を使う。そこに、山で採って乾燥させておいた胡桃(くるみ)の実を炒(い)って砕いて混ぜる。よく練って、その味噌を、中身をくり抜いた柚子釜(ゆずがま)に詰めて蒸す。蒸しあがったら一つずつ丁寧にさらしで包み、風のよく当たる軒下に干す。

干し柿は、干している間に二、三度、一つずつ揉んで渋を抜いてやるが、ゆべしは何もせずに吊しておくだけでいい。でも、干し柿はひと月もあれば出来上がるが、ゆべしはなんとふた月以上もかかる。

出来上がったゆべしは薄く切って、特別なお客、大旦那様のご友人などにお出しするが、料理にも使うことがある。水切りした豆腐をすり鉢で擦って白和えを作る時に、細く切ったゆべしを混ぜ込むと、ほんのりとした甘味と香ばしい胡桃の風味が移って、上等の白和えになる。

やすはわくわくしていた。また一つ、政さんの仕事が自分に割り振られたのだ。

煮魚を作る時の出汁ひきと、酢飯の酢、さくにした魚から柳刃で刺身をひく作業。それだけは、政さんはぜったいにやすに任せてくれようとしない。けれど尾頭のついた魚一匹を出刃でおろすのは、もうやすの仕事だ。昨年までは包丁に触らせてももらえなかったのに、今は自分が政さんに信頼されているのだ、という実感が、やすにはある。

もう数日で師走。さすがに師走になると、遠方に旅をするお客は減るけれど、商談でお江戸の近場に行き来する人の数は増える。商売で旅をする人達は路銀を節約するので、宿でもお酒などはあまり頼まず、夕飯の後で少し品川見物に歩く程度、早く寝床に入って翌朝は早立ちをする。どことなく慌ただしくて、食事をしていてもゆっくり味わっている様子がない。それがやすには気にかかっていた。せっかく紅屋を選んで泊まっていただいたのに、自慢の料理をろくに楽しんでもらえないのはいかにも残念だ。

一日歩いて明日も早立ち。夕餉はさっさと済ませて早く休みたい、それは仕方がない。だったら、せめて朝餉くらいは、紅屋に泊まって良かったな、と思えるくらいには楽しんで食べてもらえないだろうか。

「すまないね、政さん。なんとかできるかい」

珍しく番頭さんが台所に来て、政さんと何か相談をしていた。政さんはしかめつらで、番頭さんは謝る一方だった。

「ま、なんとかするしかねえですからね」

「わたしが迂闊だったんだ。米が足りなくなることは予想していたのに、中川村の米が手に入らなくなるなんて考えてなかった」

「番頭さんのせいじゃねえですよ。こんな時に、米の横取りなんかする連中が悪い。もともとうちの米が足りなくなったのは、地震の避難小屋に毎日握り飯を届けたからだ。困ってる人がいたら助けてやる、大旦那様の心意気を番頭さんが汲んで、それを俺らも意気に感じた。だから粟だのひえだの混ぜてまで、握り飯を作った。それは間違っちゃいなかった。番頭さんは正しいことをしたんです」

「だがそのせいで、紅屋が旅籠としてなり立たなくなったら、やはりわたしの責任だ。とにかく、これから八王子まで行って来るよ。八王子には、わたしの親戚筋が庄屋をしてる村があってね、少しなら米をわけてもらえるようなんだ。江戸の米問屋にはもう話はつけてある、あと半月もしたら米は届く。それまでの間、なんとか今ある米でやりくりしてもらえたら本当に助かる」

「わかりやした。なんとかしましょう。けどね番頭さん、奉公人の飯を減らすことだけはしませんよ」

「わかってる、わかってる。そんなことはしなくていい、そんなことをして大旦那様の耳に入ったら大目玉を食らうよ」

「かと言って、せっかく泊まってくだすったお客にひもじい思いもさせられません」

「それはそうだ。食事が良いのは紅屋の繁盛の理由だからね、お客には満足して出立していただかないと。じゃあ、頼みましたよ」

番頭さんが出て行くと、政さんはやすの顔を見て、ふうう、とわざと大きく溜め息をついて見せた。

「こいつはちょっとした頓智だな。米は足りねえが、客も奉公人も満腹にしろ、てな。おやす、おまえならどうする」

やすは魚の鱗をたわしで擦り落としながら考えた。

「夕餉は白い米でなくてもいいのではと」

「おい、ひえだの粟だのは駄目だぞ。奉公人の飯ならそれも仕方ないが、おあしを出して旅籠に泊まって、粟の混ざった飯なんか食わされたら客が怒っちまう」

「お米に混ぜるから、美味しくないんです。粟はお餅にすれば、あんことからめると美味しいです」

「甘いもんは飯の代わりにはならねえよ」

「あんこでなくても、大根おろしと和えて、醤油をちょっとかけて食べれば」

「なるほど、雑穀で餅を作り、からみ餅にして出すのか」

「お雑煮にしてもいいんじゃないでしょうか。最後にお椀が出ると贅沢な感じになりますし」

「ふん、なるほど。要は雑穀でも、米の代わりに出したと思われなければいいんだな」

「へえ。お米が足りなくて雑穀を出されたと思ったら、美味しくてもまずく感じます。でも、料理の一つとして堂々と出せば、雑穀も美味しくいただけます」

「それなら他にもいろいろと方法はあるな。飯の代わりに、温かい蕎麦を出すなんてのはどうだ。蕎麦を丼に一杯食えば、飯を出さなくても腹は膨れる」

「これから寒くなるので、小鍋に蕎麦を入れて、天ぷらやかまぼこをのせて出すのも美味しそうです」

「魚のあら煮みてえな味の濃い料理を出して、飯の代わりにはさっぱりと柚子の皮を刻んだもんを散らしただけのあったかい蕎麦、なんてのも良さそうだ」

そうやって考え出せば、夕餉の工夫はいくらでも出来そうだった。夕餉には魚や野菜を使った料理を出すので、飯の代わりに雑穀や蕎麦を出してもお客は満足できるだろう。

だが、問題は朝餉だった。紅屋は朝餉にも簡単な料理を出すことにしているが、そうした料理も炊きたての白い飯に合わせるように作っている。朝餉と言えば、とにもかくにも、米なのだ。

旅のお客、それも早立ちのお客たちは、朝しっかりと米を食べ、その日一日、夕方まで歩き続ける。漬物と梅干しがあれば、一合は食べられる。

「ま、夕餉に米を出さなけりゃ、あと半月くらいはなんとか米が持ちそうだな。けど夕餉に米を食わなかった分、朝はたらふく食う客も増えるだろうなあ」

　政さんは、頭を振って、ふう、とまた溜め息を吐いた。


　さっそく夕餉に蕎麦を出してお客の反応を見ようということになり、やすはおつかいに出た。政さんも蕎麦をうつことは出来るし、なかなかの腕なのだが、急に思いついての献立変更で時間の余裕がなかったので、その日は大通りの端で店を出している蕎麦屋でうちたての蕎麦を分けてもらうことになった。

　店主が注文した数だけの蕎麦をうつ間、やすは表通りの商店の店先を眺めて歩いた。年が明けて、お給金をいただける身になったら、こうした店で買い物をしてみたい。それがやすの細やかな夢だった。

「本当に、履物屋さんが多いのですね」

　突然、涼やかな声がしてやすは驚いた。いつの間にかやすの隣りに、姿勢の良いご新造さんが立っていた。

　あ。

　ちらっと見た横顔で、それがおあつさんだとわかった。半歩ほど下がったところには、白髪をきっちりと結った婆やさんもいた。

「おやすさん、でしたわね」

「へ、へい」

「今日はお買い物ですか」

やすは、ぶんぶんと首を横に振った。

「お、おつかいで。蕎麦がうちあがるのを待っています」

「お蕎麦？」

「へい。宿の夕餉に、蕎麦を出してみようってことになりました」

「あら、いいわねえ。菊野(きくの)、わたくしたちもお蕎麦を食べて帰りましょうよ」

「ひいさま、今頃お蕎麦を召し上がったのでは、夕餉がお腹に入りませんよ。ひいさまの食が細れば、おやかた様がご心配あそばします。それでなくてもひいさまがお痩(や)せになったと、おやかた様は気にしておられます」

「大丈夫ですよ、頑張って夕餉も残さないようにいたしますから」

「いけません。無理なさってお腹を壊されたりなされたら、この婆(ばば)がおやかた様に叱(しか)られます」

おあつさんは、肩を落としてつまらなそうな顔になった。その表情があまりにも幼く愛くるしくて、やすはふと、お小夜さまを思い出した。

　それにしても。ひいさま、というのは、おひいさま、つまり、お姫様、という意味の呼び名だろうか。だとしたら、やはりこのおあつさんは、そこらの二人扶持程度のお侍の奥様やお嬢様ではない。旗本か、あるいはどこぞのお大名家の方かもしれない。江戸には日本中のお大名の奥方様やご側室様が集められ、それぞれの江戸屋敷に住まわれていると聞いたことがある。お姫様だってたくさんいるに違いない。

「わかりました。ではその代わりに、おやすさんと少しお話をいたしたいので、菊野はお買い物でもしていてください」

「なりません。わたくしはひいさまのそばを片時も離れてはならぬと、おやかた様から言いつかっております」

「菊野、そのくらいは大目に見てちょうだい。若い娘同士、婆やには聞かれたくないお話もしたいのです」

「でしたら、お話が聞こえないところでお待ちいたします」

　きくの、と呼ばれるこの婆様は、なかなかのしっかり者のようだ。

　通りの向かいに茶屋があった。やすは、おつかいの途中だからと断ったが、是非に、とおあつさんに言われて茶屋の縁台に腰をおろした。きくのさんは、履物屋の店先でこちらをじっと見つめたまま立っている。

　やすは茶屋で茶をたのんだことがなかった。団子や餅などをたのめば茶は出て来るが、たいていは番茶だ。けれどお金を払って茶だけたのむと、上等の一番茶、それも煎茶が出て来る。おくまさんの団子屋ではそれが普通なのだが。

「お団子か何か、召し上がる？」

「いいえ、お茶だけで」

「そう？　そうね、お団子だったらおくまさんのところの方が美味しいですものね。ごめんなさいね、無理にお誘いしてしまって」

「いいえ」

「おなじ歳頃の娘さんと話す機会がなくて、おやすさんと知り合えてとても嬉しかったのです。あ、おなじ歳頃なんて言ってごめんなさい、図々しいわね。わたくしのほうがだいぶ、お姉さんですよね。おやすさんは、おいくつになられるの？」

「年が明けたら十六になります」

「あら、それならもう、お嫁入りのお話などもあるのかしら」

「そんな、まだ女中の見習いです」

「わたくしは、たぶんもうじき、お嫁にいきます。たぶん、というのは、いつになるのかまだはっきりしていないからなの。本当はそろそろのはずだったのに、先だっての地震で延期になってしまいました」

「……へえ。お江戸は大変な被害が出たそうですね」

「大変だったわ。家をなくした方々が大勢、火にまかれて亡くなられた方も。わたくしの故郷(ふるさと)には、大きな火山があるのです。その火山は時々噴火して、灰があたり一面をおおいます。家も庭も、畑も、すべてに灰が降り注いで、真っ黒になります。あの地震の後、まるで江戸の真ん中で火山が噴火したかのように、どこもかしこも真っ黒でした。でも灰が空から降ったのではなくて、それは江戸の町が灰になった姿でした。潰(つぶ)れた家の中から子供の泣き声が聞こえて、どうすれば助けてあげられるかみんなわからずに取り囲んでいたり。わたくしが身を寄せているお屋敷でも、家を失った方々に庭先を貸して差し上げ、炊き出しもいたしました。それでもね、わたくしは、自分が本当に無力であると、何も役に立たないでくのぼうであると思いました」

おあつさんは、茶をとても品良くすすった。

「本当のことを言えば、わたくしは、まだお嫁になどいきたくなかったのです。けれど武家というのは不自由なもので、お家(いえ)の為に誰それの嫁になれと言われれば、女子にそれを拒否することはできません。まだ期日も決まっていないのに、二年も前に故郷から遠く離れて江戸に出たのも、お嫁入りの支度を整える為でした。それがやっと整って、そろそろ日取りを、という矢先の大地震。もしかすると天がわたくしの嫁入りに異を唱えているのかもしれない。不吉だと思わぬようにしようと努力はしているのですが、どうしても不安になってしまいました。それで里心がついて、情けないことに毎夜涙が出て眠れなくなり、食も細くなってしまったのです。それを養父上様が心配して、気晴らしに海でも見てくればと言ってくださって。最初はお台場あたりを歩いていたのですが、そのうちに、自分が輿に乗ってやって来た東海道を歩いてみたくなりました。わたくしの故郷はとてもとても遠いところにあり、まずは船に乗って上方まで出て、京の都に寄ってから東へと向かったのです。そして何日も何日も輿に揺られて旅をしました。江戸に着く頃にはすっかり疲れ果ててしまいました。なので、名に聞く品川宿の賑わいを輿の中から盗み見ることもなくて、それを見てみたくて」

「いかがでございますか、品川は」

「噂以上でした。何より、履物屋さんが多いのがとても面白いですね」

「品川はお江戸に近いので、お江戸に入る前に履物を換えて身支度を整える方が多いのだそうです。それで履物がよく売れるのだとか」

「江戸に入る前に、綺麗にしていくのですね」

「お江戸の人は見栄えにうるさくて、見栄えがしないとばかにされると聞いたことがあります。田舎者だと見下されると、商売もうまくいかない。だから身支度を整えるのだと、お客さんから聞きました」

「おやすさんの故郷はどちら？」

「へい、神奈川のあたりです。父は漁師をしていましたが……」

父親に売られました、とは言えず、やすは下を向いた。

「おくまさんが言っていましたが、おやすさんは、とても鼻が利くのだそうですね」

「ちょっとだけです」

「お料理をするのには、鼻が利くといろいろと便利なのでしょう？」

「へい……魚の良し悪しは、わかります」

「羨ましいわ。わたくしの鼻はあまり上等ではないのです。わたくしの故郷でも嫁ぐ家でも、香道というものをするのですが」

「こうどう？」

「ええ、お香を嗅ぎ分ける遊びのようなものです。お香は、香木という自然の木からその香りをいただいて作られます。それを嗅ぎ分けることで、自然の精のようなものと触れることが大切なのだそうです」

おあつさんは、困ったように笑った。

「わたくしは、故郷ではお転婆だと言われていました。故郷でも香道は盛んで、武家のたしなみとして習うのですが私は香道が苦手で、着物にたきしめる香も自分で選んだこともありません。そうしたことにはあまり興味がなかったのです。むしろ、薙刀のお稽古の方が好きでした」

そんなところも、お小夜さまに似ている、とやすは思った。

「なので江戸に来て、お行儀やお作法のお稽古が辛くて困りました。言葉にしても、少し気を抜くと故郷の言葉が出てしまいます。お嫁にいく先の家はとても厳格で、特に言葉遣いには厳しいのです」

「故郷の言葉で喋れないのは、辛いと思います」

「ええ、とても辛いのです。寂しいのです。その上、苦手な香道のお稽古で毎日毎日、お香を嗅いでいます。お香の香りは良いものですが、そればかり嗅いでいると、たまらなく、磯の香り、潮の香りが嗅ぎたくなりますね」

「おあつさんの故郷にも、海がありましたか」

「ええ、ええ、ありました。この品川の海も綺麗ですが、故郷の海はもっと青が濃くて、黒く見えるほどなのです。強い潮の香りと、空から降る灰。わたくしの故郷は、荒々しくて何もかもが大きくて、濃くて、そして熱い。おやすさんにもいつか、わたくしの故郷を見せてさしあげたい」

おあつさんの故郷がどこにあるのかは知らないが、自分がその地に行くことは生涯ないだろう、とやすは思った。それどころか、品川を出る日が来るなどということさえ、想像もできない。

「お里帰りが楽しみですね」

おあつさんは、どこか遠くを見るように目を細めた。

「お里帰り」

「わたくしは……」

おあつさんは黙った。が、なぜなのかやすの耳には、もう二度と故郷には帰りません、と続けるおあつさんの声が聞こえた気がした。おあつさんの、悲しげでありながら、どこか毅然(きぜん)とした表情が、そんな言葉を連想させたのかもしれない。

「でも、香道を究めれば、自然と気持ちを通じ合わせることができるのだそうです。この海がわたくしの故郷の海まで続いているように、この世の様々な匂(にお)いも、一つずつが花や魚、人や土のものだと思うと、すべてが繋(つな)がってこの世が出来上がっているとわかる。それを嗅ぎ分けるということは、それらをよく知るということ。鼻が上等ではなくっても、お稽古を重ねればきっといつか、わたくしにも香りの道の先に何があるのか、知ることのできる日が来ると信じています。おやすさん、あなたにはとても素晴らしい鼻があります。その鼻であらゆるものを嗅ぎ分けて、一つずつを知ってくださいね」

おあつさんは立ち上がった。

「そろそろお蕎麦も出来たでしょう。おつかいのお邪魔をしてしまってごめんなさい。あなたとお話が出来て、とても楽しかったわ。わたくし、お嫁入りの日取りが決まるまでは、できるだけ毎日外に出て、一つでも多くのものを見たり聞いたりしたいのです。品川にもまた来ます。おくまさんのところで、一緒にお団子をいただきましょうね」

おあつさんは、振り返って笑顔を見せながら通りを渡り、じっと待っていたきくのさんと一緒に大木戸の方へと歩いて行った。

香りの道の先。

この鼻で嗅ぎ分けて、一つ一つ知ること。

なんにしても、不思議なお方だ、とやすは思った。

三　嫌がらせ

朝餉をすべて出し終えて、賄いの準備を始めた頃に、珍しくおしげさんが慌てたそぶりで台所に駆け込んで来た。

「ちょっと政さん、政さん！」

「大変だよ。変な客が番頭さんに絡んでるんだよ」

「変な客？」

「昨夕、ふらっと入って来た旅の人だよ。一見だし、なんだか最初からえらくぶっきらぼうで感じが悪かったんだけどさ、腕に墨が入ってるわけでもないし、前金で宿代は払ってくれたしで、お泊めしなさいと番頭さんが言うんでね。だけど部屋女中がお愛想を言ってもぶっきらぼうだし、夕餉のお膳を引っ込める時も、ごちそうさんの一つも言わない。それで今朝も、割と遅くまで寝てらしてね、さっき起きなさったんで朝餉の膳を運ばせたんだけど。味噌汁の具にした浅利の砂抜きがしてないって怒り出して」

「そんなことあるわけねえだろう。浅利は一晩かけて砂抜きしてる、これまでだって砂がへえってたなんて苦情は出たことがねえよ」

「それはわかってるってば。あたしらだって賄いで同じ浅利を食べるんだもの、政さんとおやすがきちんと仕事してるのは知ってるよ。けれどお客がそう言うんじゃ誰かが謝らないとなんないだろ。番頭さんが、私が謝って来るって部屋に行ってくれたんだけど」

「納得してくれねえのかい」

「あれはゆすりたかりだよ、きっと。はなから難癖つけて、小金をむしりとる算段だったのさ。あるいは宿代をタダにさせようとか」

「そのつもりなら早くに着いて、夕餉にお銚子の数本もつけるだろう」

「まあそうなんだけど」

「とにかく顔を出してみる。本当に砂がへえってたんなら、俺の責任だからな」

政さんはおしげさんと客部屋の方に向かった。やすは不安になった。浅利の砂抜きをしたのはやすだった。政さんに教えられた通り、一切の手抜きはしていない。

海貝の砂を吐かせるのには、その貝が棲んでいた海の水を使う。紅屋が仕入れる浅利は品川の海でその日に獲れたものなので、まずは松林を抜けて海に行き、汚れやゴミのない澄んだ海水を汲んで来る。浅利屋が桶に張ってくれた海水は、浅利を運んで来る間に傷んでいるから使わない。それが政さんの流儀だ。

浅利はまず井戸の水を贅沢に使ってよく洗う。貝同士をこすり合わせるように、ごりごりと洗い、水は流してかける。溜めた水に浸けたのではせっかく落ちた汚れがまた付いてしまう。海の浅瀬の砂にいる浅利は、殻にいろいろなものをくっつけている。料理をした時にそうした汚れや海のゴミが味を悪くする。中には死んでいる浅利もいる。洗っているとなんとなく軽いものが混ざっているのに気づくので、そうした死んでいるものははじいてやる。

よく洗った浅利を、綺麗な海水に浸ける。たらいに笊を敷き、その上に浅利を載せる。浅利が息を吐けるように海水は浅く張り、温まない程度に涼しい場所に置く。海の中にいる浅利は暗いところに慣れているので、少し風が入る程度に蓋をしてやる。そして半日。朝餉の味噌汁の具にするなら、夕刻から砂を吐かせて、朝、料理する前に海水からあげて別の笊に移して塩抜きをする。浅利が吐いた砂はたらいの中で笊の下に落ちるから、吐いた砂をまた吸い込んでしまうこともない。

ないはず、だった。これまでこのやり方で、文句が出たことは一度もなかった。だがもしかすると、何か少しやり方に間違いがあったのかも。浅利の砂抜きならもう出来る、とおごっていたのが悪かったのだ。浅利だって生き物だ。生き物であれば、全部が全部同じようにはいかないだろう。中には頑固な浅利もいて、一晩砂を吐かなかったのかもしれない。

だが、だとしても、味噌汁の具にすれば貝は口を開ける。どんなに頑固な浅利でも、殻が開けば砂は落ちる。味噌を溶く前に汁の底に砂が沈んでいれば、政さんが見逃すはずはない。砂をすくわないようにそっと別の鍋に移して味噌を溶いただろう。

いや、それも自分の失敗だったのかもしれない。椀に味噌汁をついだのはやすだった。まずは貝だけすくって、どの椀にも同じ数の浅利を入れ、あとから汁を注ぐ。味噌が沈まないようにそっと混ぜながら、おたまで二杯ずつ。その時に、鍋底に沈んでいた砂を舞い上がらせて、うっかり注いでしまったのか。政さんが見逃すはずはなくても、たまたま開いた貝の中に残っていた砂が鍋の底に落ちるということだってある。

やすは、自分のせいで政さんがお客に怒鳴られたり、店の評判に傷がつくことになったら、もう紅屋にはいられない、と思った。浅利の砂抜きなんて簡単だ、とたかをくくり、自分の力を過信した罰だ。

賄いの支度をしていても気はそぞろで、見かねたおまきさんが手伝ってくれた。情けなさで泣き出しそうだった。

政さんが台所に戻って来たのは、賄いの浅利丼を奉公人たちが食べ始めた頃だった。お客の朝餉に出せなかった小ぶりの浅利をむき身にして、味醂と醤油を入れた少しだけ甘辛い出汁でさっと煮る。それを飯に出汁ごとかけて、最後に三つ葉を散らす。奉公人皆が好きな丼だ。やすにとっても好物で、いつもならば夢中で食べる。けれど、今は味もわからない。

戻って来た政さんは、特にいつもと変わった様子はなく、険しい顔もしていなかった。何も言わずに丼を食べ始め、半分ほどかっこんでからやすの顔を見た。

「いい出来だ。美味い」

「あ、ありがとうございます」

「浅利はむき身で使うと煮加減が難しい。生っぽいと気持ち悪いし、煮過ぎたら硬くなる。浅利自体から旨味が強く出るから、出汁の塩梅も大事だ。うん、おやす、これは良く出来た」

やすは嬉しかったが、喜びを顔に出すまいとした。自分は政さんに褒めてもらうには百年早い半人前だ。

「あの、お客さまは」

「お前は気にしなくていいよ。お前のせいじゃねえ」

「砂は、へえってたんですか」

やすの問いに、政さんは答えなかった。

「こいつだ」

賄いで使った丼を洗っていると、政さんがやすの肩越しに掌を出した。その掌の上に、とても小さな石粒が三個、載っていた。

「これは……こんなに大きな砂が」

やすは驚いて青くなった。石粒としてはとてもとても小さいが、砂、と呼べるようなものではなかった。これをガリッと噛んでしまったのなら、さぞかし歯が痛かっただろう。怒るのは当たり前だ。

「す、すみません、すみません。わたしが迂闊でした」

「だから、お前のせいじゃねえ。こんなもん、浅利が吐き出した砂なわけがあるか。こいつは石だ。こんなもんが鍋に沈んでたら気づかないわけがねえよ。気づかなかったとしたら、俺が耄碌したんだ」

「たかりだよ、たかり」

いつの間にかおしげさんが政さんの隣りにいた。

「だから言ったじゃないか、あいつはたかりだよ。あんな横柄な態度でさ、あれは最初っからけちをつけるつもりで泊まったんだね。その石は、自分でこっそり椀に入れたのさ」

「だがあの客は、金を無心してねえぜ」

「あからさまに金を無心したらお縄になるからね、この頃は品川もお上の目が厳しくなってるだろ。だから用心してんだよ。見ててごらん、ご出立の時になったら、ああ歯が痛え、浅利の石を噛んだせいだ、とかなんとか言い出すよ。それも身支度を終えて、草鞋の紐も結んだ後でね。そしたら番頭さんが紙に小判の一枚も包んで手渡すことになるんだよ。向こうは帰り支度をしてるんだから、ごねられて長引くよりはさっさとお帰りいただく方がいいからね」

政さんは、掌の小石を見つめたままだった。

「どうもなあ……俺は、こいつに見覚えがあるような気がするんだが」

「見覚えって、やだよ政さん、あんた小石の顔までいちいち憶えてるのかい」

おしげさんは笑った。

「おやす、どうだ。お前、これをどっかで見たことがねえかい」

そう言われても、おしげさんの言う通り、小石の形までいちいち憶えてはいられない。しかもこんなに小さな石だ。三個の中でいちばん大きいものでも、お小夜さまのお財布に提げられた根付の珊瑚の半分もない。

「……丸いです」

やすは三個の石粒をじっと見つめた。

「三つとも、丸い」

「そうだ、丸い。一つは真ん丸、他の二つはいびつだが、それでも丸い」

「丸いのに何の不思議があるのさ。石ってのは川底を転がるうちに角が取れて丸くなるもんだろ」

「色も白っぽいです」

「白い石なんざいくらでもあるよ」

「なんでわざわざ、こんな石粒にしたのかな」

「なんで？　どういう意味だい」

「こいつは変わってる。ほら、白っぽくて鈍く光って見える」

「そうかねぇ。あたしにはただの石粒に見えるけどね」

「浅利が吐くのは砂だ。文句のネタにするなら、もっともらしく砂を入れるだろう」

「砂だと噛んでも歯は痛まないよ。それだとたいした金にならないと思ったんだろ」

「小石を混ぜるんなら飯の方が、それらしい。うちでは決してそんな真似はしねえが、宿や料理屋で安い米を使ってるとこでは、飯に小石が混ざってることも珍しくねえ。わけありの安米は、米屋で俵からこぼれて土に落ちた米なんかを集めて売られてることもあるからな」

「そんなもんかねえ。ま、何にしたってそんなもんは浅利は吐かないんだろ。金目当てだよ、間違いない。あるいは嫌がらせだね」

「嫌がらせ？　なんで嫌がらせされねえとならねえんだ」

「そりゃ、大地震の後で炊き出ししたりしてさ、紅屋の人気が高まってるからさ。お江戸の瓦版にも小さな記事が出たって聞いたよ。他の旅籠が嫉妬して、人を雇って嫌がらせしたのかもしれない。あいつが金を受け取らなかったら嫌がらせで決まりだね。あっ、それなら番頭さんに忠告しとかないと。下手に小判なんか包んで出したら、うちの落ち度を小判でごまかそうとしたって言いふらされる！」

おしげさんはばたばたと駆け出して行った。

「嫌がらせ、ねえ」

政さんは首を傾げる。

「紅屋に嫌がらせしたいんなら、もっと簡単で効き目のあるやり方はありそうなもんだが。布団に針を仕込むとか。料理にけちをつけたんだとしたら、紅屋にではなく、俺に嫌がらせしたかったんじゃないかな」

「政さんにですか。何か心当たりでも」

「さあな」

政さんは苦笑いした。

「正直、考えても思い浮かばないが、この歳まで生きてくりゃ知らない間に他人から恨みを買ってることもあるかもしれん」

「でも知らないお客さんだったんでしょう」

「誰かに雇われてやったことかもしれねえからな。ただなあ」

政さんはまた、小さな丸い石を見つめた。

「どうもこれが気になるんだ。どっかでこれに似たもんを見た気がするんだが。よし、訊いて来よう」

政さんが勝手口から出て行こうとしたので、やすは思わずその後を追った。

「政さん、どうするんですか」

「さっきの客ももうじき出立だ、店ん中であれこれやったら他の客や奉公人が迷惑するからな、ちょっと外に出たとこであいつともう一度話をする」

「政さん、やめた方がいいです。危ないです」

「ただ話をするだけだ」

「でも」

「確かに横柄な野郎だが、あれは島帰りでもヤクザもんでもない、素っ堅気だよ。大丈夫だ、いきなり刃物でぶすっなんてこたねえよ」

そう言われてもやすは不安だった。政さんが、掌を振って帰れと合図したが、それを無視してついて行った。

勝手口から店の裏をまわって、大通りに面した店の正面が見えるところから顔だけ出して政さんは待った。ほどなくして、他の出立客の後に一人の男が出て来て、その後から番頭さんが現れた。番頭さんは何か包んだものを手渡そうとしたが、男は強く手を振ってそれを拒否した。

チッ、と政さんが舌打ちする。

「おしげの言うことが正しいかもしれねえよ。金を受け取らなかったってことは、紅屋が金でしくじりを揉み消そうとしたって言いふらす魂胆かもな」

番頭さんが深々と頭を下げたが、男はそれを見もしないでさっさと歩き出す。男は東海道を神奈川宿の方に向かって歩いて行く。

「人通りの少ないとこまで行こう」

政さんも歩き出した。

「おやす、お前はいい加減戻って、自分の仕事をしろ」

「嫌です。政さんに何かあったらすぐに宿に知らせに戻ります」

「心配いらねえって」

「人通りの少ないところだと、何があっても助けてもらえませんよ！」

「俺はあいつと喧嘩するつもりはねえよ。ただ、訊いておきたいことがあるだけだ」

大通りは朝の出立で賑わっていた。どの旅籠からも、旅支度の人々が出て来ては、東海道を東へ西へと歩き出す。東へ向かう人の顔は期待に輝いて見える。長い旅もいよいよ終わり、昼過ぎにはお江戸である。西に向かう人の顔には、この先の長い道中への不安が混ざった厳しいものも見えるが、旅の空の身軽さ、日々の様々なうさから解き放たれた嬉しさは隠しようもない。

男の荷物は少なかった。旅慣れた様子の歩き方で、かなりの早足だ。

ようやく人通りが途絶えたのは、本陣を過ぎたところで男が右に曲がり、坂を上り出したあたりだった。

「品川富士でも拝んで行くつもりかな」

その先には品川神社があり、富士塚がある。

神社の境内に入ったところで、政さんはようやく男の背中に声をかけた。

「もし、お客さん」

男が振り返った。

「なんだ、てめえさっきの料理人か。何の用だ」

「へい、ちょいとお尋ねしたいことがありまして」

政さんは懐から、あの小さな石粒を包んだ手ぬぐいを取り出した。

「なんだよ、さっきの浅利の石じゃねえか。お前、さっきは殊勝な顔で謝ってやがったのに、今になってその石は浅利が吐いたんじゃねえとか言うつもりか」

男は腕組みした。

「どうも気に入らねえな。お前んとこの番頭といい、あの年増の女中といい、俺のことをゆすりたかりか何かだと思ってんだろう。そいつを俺が味噌汁の椀にこっそり入れたんだと思ってんだろうが。金なんか手渡そうとしやがって、見損なうない。俺はこう見えてもまっとうな職人なんだ、そんなもん椀に仕込んで小判一枚かすめ取ろうなんて、せこい真似しなくても充分やっていけてるんだ！」

「へい、わかっておりやす」

「わかってる?」

「へい」

「だったらなんでい。何の用なんだよ」

「こいつが浅利の中に入ってたのは本当ですかい」

「だから本当だって言ってんだろうが!」

「椀の中に沈んでいたんじゃねえんですね?」

「……ガリッと噛んじまったんだよ。椀の底に沈んでたんなら、飲み干すまで口には入らねえだろうが」

「そうですか」

政さんはうなずいた。

「それですとこいつは、お返ししといた方がいいかもしれません」

「そんなもんいらねえよ!」

「けどこいつは、なかなか珍しいもんかもしれませんよ」

「珍しい?」

「まあ、色は悪いし何しろ小さいんで、高値で売れるわけではないでしょうが、こいつを見つけた運はなかなかのもんじゃねえかと。こいつはお守り袋にでも入れて、大事にお持ちになった方がいいと思いますね」

　政さんは、にやっと笑った。

「あっしは素人なんで確かとは言えねえですがね、こいつは真珠じゃねえかと」

「真珠⁈」

　男とやすは、ほとんど同時に叫んでしまった。

「てやんでえ、俺に学がねえからといい加減なことを言いやがって、この野郎！　真珠ってのはあの、薬にするやつだろう、貝から採れる。あれはな、あこや、ってえ貝から採れるんだ、あこやだ、あこや！　浅利じゃねえ！　芥子の実みてえな芥子真珠ってな、あこや貝の中にたまに入ってるんだよ！　浅利から採れるわけがねえ」

「へえ、確かに芥子真珠はあこや貝から採れますが、ごくごく稀に、他の貝にも真珠が入ってることがあるそうですよ。いやね、実は出くわしたのはあっしもこれが初めてで。なのですぐには思い出せなかったんですが、ずっと以前に江戸で働いていたじぶん、鳥羽で生まれ育った料理人と知り合いましてね、そいつが見せてくれたんですよ、お守り袋に入れてた芥子真珠を。なんで真珠なんかお守り袋に入れてんだい、薬にでもするのかいと訊きましたら、いやこれは、幸運のお守りなんだと。この真珠は珍しく、牡蠣に入ってたもんなんだと」

「牡蠣……」

「鳥羽のあたりはあこや貝の産地で、真珠もたくさん採れるそうですが、それでも牡蠣に入ってるのはなかなか珍しいんだそうで。そいつが言うには、およそ貝ならどんな貝にでも、真珠が入ってることはあるんだと。なんでも、真珠ってえのは、貝が自分で作るもんだそうで。ただ、あこやじゃないと滅多に真珠は出来ないし、出来ても大きくならないそうですよ」

「じゃ、浅利にも出来ることがあるのかい」

「らしいですよ。そいつがね、浅利から採れたのも見たことがあると言ってたんです。そいつが持ってた牡蠣の真珠が、ちょうどこんな感じで。いやそれでも、こっちの方が丸くて形がいいですよ。浅利から真珠が採れたってだけでも相当珍しいことなのに、こんだけ丸いってのは滅多にないことじゃないですかね。そいつをガリッとやったんですから、あんたさん、相当な運がついてますぜ」

男は目を大きく見開いてから、政さんが開いた手ぬぐいの上から、小さな石粒を、おそるおそる、といった仕草でつまみ上げた。

「これが……真珠」

「詳しい方にきちんと調べていただかねえと、確かなことはわかりませんよ。けどこいつらが浅利の中に入ってたんだとしたら、他にはちょっと理由がわかりません。この浅利の砂抜きをしたのはここにいる女中のやすですが、やすはあっしのいちばん弟子なんで」

「こんな若い女子(おなご)が、あんたのいちばん弟子？」

「へい。おやすはこう見えても、料理に対する勘が図抜けておりやす。しかも生まれついて鼻が恐ろしく利く。今や紅屋の台所は、このおやすで持っているようなもんです。そのおやすがしっかりと、一切の手抜きをせずに浅利に砂を吐かせやした。なのにその浅利がこんなでっけえ石粒を、汁に煮られるまで吐かなかったのは合点がいきません。こいつはもしかして、浅利が腹ん中で育てたもんなんじゃねえかと。だとしたら、真珠ってのがいちばん、納得できる解釈なんで。もちろん浅利は生き物、生き物のすることはこちらの都合良くばかりは参りません。どんなにきっちり始末しても、頑固な浅利が砂を吐かずに我慢しちまって、鍋の底に砂が落ちることはあるでしょう。が、それならそれで、こんなにでかい砂粒、いや石粒が鍋の中にあったのに、それに気づかずに味噌汁を仕上げたあっしの落ち度です。こんな素人みてえなしくじりをしたら、もう料理人だなんて大きい顔はしていられません。こいつが真珠でないなら、あっしは潔く料理人をやめます」

やすは思わず声を上げたが、政さんに手で制された。

「そんな、政さん！」

「おやす、お前は黙ってな」

「けど」

「いいから。お前に浅利の砂抜きを任せたのは俺だ。お前がしくじったら俺のせいだ」

「いや何も、料理人はやめるこたねえだろう」

男が慌てたように言った。

「こんなもんが真珠なのかどうかは調べてみねえとわからねえが、浅利の砂くらい、しくじることもあるだろうよ。俺は別に、あんたに料理人をやめろなんて」

「これはあっしの誇りにかかわることなんで。あんたさんも職人だというならわかるでしょうが、あっしは料理人として、砂の入った浅利で味噌汁を作り、それを客に食べさせたなんてしくじりは自分でゆるせねえんで」

「いや、待て待て。待てってば」

男は言った。

「こいつを嚙んじまって歯が痛かったんで言い損ねたが、俺は紅屋の飯の美味さに感心してたんだ。品川宿なんて江戸に近すぎて、まず泊まることはねえだろうと思っていたが、昨日は木更津から船に乗ったら風の具合で品川に降ろされちまってな。もう日も暮れるし泊まるしかねえなあ、と、宿賃がそう高くなさそうな宿を探して歩いてて、紅屋の呼び込みが、うちは飯が自慢ですよと言うんでな、そんなら自慢の飯を食わしてもらうかと草鞋を脱いだ。けどなあ、名の知られた東海道一の品川宿だ、正直、俺なんか場違いじゃねえか、軽く見られて高い金を取られるんじゃねえか、なんて身構えちまって、態度が悪くなっちまった。自分でも随分と俺は肝っ玉が小せえなと呆れたよ。しかし一度張った虚勢ってのは、どこで緩めていいのかわからねえもんだろ。夕餉が美味くてこれは自慢するだけのことはあると、女中に礼の一つも言おうと思ったんだが、俺の初めの態度のせいか、女中はどっかおっかなそうにびくびくしてやがってな、それがなんか癪に障ったんで黙ってたんだ。そしたら朝餉も、これまた美味かった」

「そいつは良かった。お褒めいただきありがとうごぜえやす」

「玉子焼きがふっくらしててさ、卵もいいもんなんだろうが、甘さがほんのりして焼き具合も絶妙、俺はあんな美味い玉子焼きを食ったのは生まれて初めてだ。飯粒も綺麗に立って、海苔の佃煮も味が濃すぎねえで潮の香りがちゃんとした。鰯の丸干しも美味かった。で、味噌汁をすすってみたらこれがまた、浅利の出汁と味噌の風味が相まって、ああ美味え、朝からこんな美味えもんが食えて、ここに泊まって良かったなあ、としみじみ思った矢先に、ガリッだ。ここの料理人は大した腕だと感心していたところに痛い思いをしたんで、頭に血がのぼったんだ」

政さんは深々と頭を下げた。

「そいつはまことに申し訳ない」

「いや、でもこいつが本当に真珠なら、あんたらは悪くねえ。浅利の腹に真珠が入ってるかどうかなんて、誰にもわからねえもんな」

男はつまんだ石粒を、自分の薬入れを取り出してその中に落とした。

「けどよ、こいつが真珠かどうかなんて、もういいや。真珠にしても石にしても、腕のいい料理人とそのいちばん弟子の目をかいくぐって味噌汁に隠れていやがったんだから、大したもんだ。そいつを探し当てた俺の運は、あんたが言うように強いんだろうよ。こいつをお守りにしておけば、きっといいことがあると思っておくさ」

「ありがとうございます」

政さんはまた頭を下げた。

「料理人さん、あんた名前は」

「政一と申します」

「俺は宮大工の正吉ってんだ。渡り大工で、木更津の古い神社の修復が終わって、これから三浦の先の神社の建て直しに行く。一、二年は江戸に戻れねえが、帰りにはまた東海道を通って品川宿を抜ける。きっと紅屋に泊まるから、その時にまた、美味い玉子焼きを食わしてくれ」

「へい、必ず。心待ちにしておりやす。その頃にはこのおやすが、玉子焼きも焼けるようになっているはずなんで、おやすの腕をみてやっておくんなさい」

やすも深く頭を下げた。

「お待ちしておりやす。どうぞまた、紅屋にお泊まりください」

正吉さんは笑顔になり、やすの頭をぽんと軽く叩いた。

「楽しみにしてるぜ、おやすちゃん」

「へい」

正吉さんが品川富士に向かって歩き出したので、政さんとやすはそっとその場を離れた。

「良いおひとでしたね。ならず者ではないかと疑ったりして、申し訳なかったです」

「初めの印象だけで人を判断したらいかんな。俺も反省しよう」

「でもびっくりしました。浅利にも真珠ができるんですね」

「俺も初めて見た。いや本当に真珠なのかどうか、俺も自信はそんなにねえが。けど、以前に話に出た男から見せてもらった牡蠣の芥子真珠となんだか似ている気がしてな」

「真珠は良いお薬だと聞いたことがあります」

「らしいが、何に効くのか知らねえし、知ってても俺らが気軽に買えるようなもんじゃねえからな。けどな、鰯の頭も信心から、って言うだろう？ 珍しいもんだからお守りに、と言えば、歯が痛かったことなんか水に流して、機嫌良く帰ってくれるんじゃないかと思ってな。金を受け取らなかった時はかえって心配になったが、あいつが本物の堅気でしかも正直者だとしたら、金を受け取らないのは当たり前だ。そうなると浅利の腹にあれが入ってたってのも本当ってことになる」

「あの人がならず者じゃないと、いつ気づいたんですか」

「品川神社に寄り道しようとした時だ。富士塚にお参りしてから旅を続けようなんて殊勝な考えなら、堅気だろうと思ってな。まあしかし今になって考えてみれば、富士塚は縁起物、勝負事の勝ちを願ってお参りするもんだ。博打打ち（ばくちう）でも富士塚には参る」

政さんは、ははは、と笑った。

「何にしても、嫌がらせでなくてよかったな」

「へい。紅屋が嫌がらせされるほど嫌われるなんてことは、絶対にないと思ってました」

「なんでそう思う？」

「なんでって……紅屋はいつだって、お泊まりになるお客さんに精一杯のおもてなしをしています」

「そりゃそうだが、旅籠なんだからそれが当たり前だろう。宿代をもらわないでやってることならともかく、宿代はちゃんといただいて、商売にしてるんだから、客を真面目にもてなしてるってだけではそう偉いことでもない。それが出来てない旅籠の方が駄目なんだ」

「でも、奉公人も番頭さんも旦那様も大旦那様も、皆さんいい人です」

「それは、お前さんにとって、ということだろう」

「いいえ、皆さん誰に対してもいい人です！」

「おやす、お前のその素直なとこは、お前の長所だ。けどな、いつでも誰に対してでも、いい人でいるなんてことは、なかなか出来ねえもんだよ。お前にとってどれほどいい人でも、他の誰かにとっては敵だってことはある。単純に考えて、紅屋の評判が上がって客がたくさん来るようになれば、他の旅籠の客がその分、減るかもしれねえ。客が減っちまった旅籠から見たら、紅屋は敵だ。目障りだ」

「それは……」

やすは俯いた。紅屋や紅屋の人々が、誰かから恨まれたり憎まれたりしていると想像するのは、すごく悲しい。

「おやす、いいかい、よく聞きな。お前のように素直に、世の中がいい人で溢れていると感じて生きるのは、そりゃ幸せなことだ。俺だって紅屋で働いてるもんはみんな、正直で働きもんで、いい奴らだと思ってるよ。けどな、人の心には必ず、暗い闇があるもんだ。闇を抱えているからこそ、他人に優しくできることだってある。生きていれば誰だって、俺だってもちろん、嫌いだと思う奴、敵だと感じる奴と出くわす。出くわさないとしたらよほど幸運なのか、それとも鈍感なのかだよ。お前さんは今のところ幸運なんだろうが、それだって、お前さんの父親は決していい人ではねえだろう？」

「いい人……でした。だったと思います。かあさまが生きている間は、きっと……」

「お前さんが父親を恨まねえのは立派なことだし、恨まねえ方がお前さんも幸せでいられる。だから恨めとは言わねえよ。けどな、闇雲にいい人だったと信じたいなら、それはお前さんの好きにしたらいいが、人ってのは闇の部分も含めて人なんだ。それは忘れちゃいけねえ。いい人を好きになるのは簡単だ。だが本当に人を好いたり庇(かば)ったり、人に優しくしてやりたいと思ったら、闇の部分も含めて受け入れる覚悟がねえとな。あれ、なんか余計なことを喋(しゃべ)ってるな。まあ気にしなくていい。今はまだ、おやすはそのまま、おやすのままでいりゃいいさ。ただ、紅屋だって恨まれることはあるし、俺やお前さんだって憎まれることはある、それは覚えとけ」

「……へい」

「さ、急いで戻らねえと、おまきたちが頭から湯気たててるぞ」

四　玉子焼きくらべ

「宮大工ねえ」

おしげさんは、やすの説明を聞いても半分疑っているような顔つきだった。

「宮大工ってのは神社の屋根とか直す職人だろ。なんかそんな感じに見えなかったけどねえ。第一、なんだってその大工が旅なんかしてるんだい」

「政さんから教わりましたけど、宮大工は神社一つ作るのに何年も、そこに住み込んで仕事をするんだそうです。修理だけでも一年、二年がかりはよくあることだそうで、なので宮大工は渡り大工なんだとか」

「へええ」

おしげさんはそれでも、疑った顔のままだった。

「あたしもこんな仕事してるからさ、客を見る目はそこそこあるつもりだよ。けどあの男は、はなっから喧嘩腰というか、偉そうだった。女中に威張りたがる客にろくな客はいない」

「東海道一の品川宿に無理して泊まって、馬鹿にされないかと虚勢を張っていたんだそうです」

「なんだよそれ。つまらない虚勢なんか張ったって、ひとつもいいことないのにね。でもまあ、そう言われればその気持ちは少しわかるね。品川の悪口を言いたくはないけど、ここはやっぱりただの宿場町じゃあ、ない。田舎(いなか)もんと見たら金をわざと高く取る宿があるのは本当のことだからね。吉原(よしわら)ほどではないにしても、遊郭だって遊ぼうと思ったら大層な金がかかる。懐がこころもとないなら無理して品川に泊まることはないのさ。神奈川あたりに泊まったって、翌日まだ日のあるうちにお江戸に入れるんだから」

おしげさんは、箒を忙しく動かしながら首を横に振った。

「ま、浅利に真珠だなんて、あたしにはまだ信じられない。政さんが適当な作り話をして、あいつを丸めこんじまったんじゃないのかね」

「あこや貝でなくて浅利のものでも、お薬にすれば効くんでしょうか」

「さあねえ。真珠なんて高価な薬は飲んだことないからね。この先も飲むことなんかないだろうし。ああ、でも、真珠ってのは、南蛮では薬じゃなくって、首やら耳やらに提げて飾りにするって聞いたことがあるよ。芥子真珠は小さいけれど、稀に大きく育つのがあるんだってさ。どうせ浅利から出て来るんだったら、あんな小粒じゃなくって、首から提げられるくらい大きいのだったら良かったのに。そういうもんならきっと、目の玉が飛び出るくらいの高値で売れて、この紅屋もそのお金ですっかり新しく建て替えられたのにさ」

「そんなに大きな真珠が入ってたら、浅利のお腹が破れてしまいます」

「いいじゃないか、どうせ身は食べちまうんだから、少しくらい破けてたって」

「お腹が破けたら浅利が弱ります。魚でも野菜でも貝でも、弱ったものは食べては駄目だと政さんから教わりました」

おしげさんが、ぷっと噴き出した。

「はいはい、わかりました。おやすは本当に政さんの言いつけを守る子だねぇ」

へえ、いちばん弟子ですから。と、やすは心の中で呟いた。

政さんが自分のことをいちばん弟子と呼び、自分がいなければ紅屋の台所がたち行かないとまで言ってくれたことは、やすにとって心の宝物になった。宝物は誰かれ構わず見せるものじゃない。だからやすは、そのことを誰にも言わないでおこうと思った。

「正吉さんと約束しちまったからな、おやす、お前には今日から、玉子焼きの修業をしてもらう」
「へい」
台の上に並べられた笊には、それぞれ卵が盛られていた。
「何より大事なのは、卵の選び方だ。古いか新しいかじゃない。古い卵なんざ金輪際紅屋の料理には使わねえんだから、毎朝産みたての卵を仕入れるのは当たり前だ。まあうちに出入りしている卵屋に間違いはねえが、それでも世間には古い卵を新しいのと混ぜて売るようなタチの悪い卵屋もあるからな、殻のざらつきや、光に透かした時の色合い、水に入れた時に浮くか沈むか、見分け方はこれまでにいくつも教えたな」

「へい、教わりました。殻がざらついている方が新しくて、古くなるとつるつるして来ます。灯り（あか）に透かして光が抜ける卵は新しい、古くなると光が抜け難（にく）くなって、色も黒っぽくなります。水に入れて、横を向いたまま沈んでいるのは新しい。古くなると縦になって、だんだん浮いて来ます」

「そうだ。まあそこまでは基本だな。で、ここにある三つの笊には、それぞれ、今朝仕入れたばかりの朝方に産み落とされた卵と、昨日の卵、そして四日前の卵がある。生の卵を飯にかけて食べるなら、どの卵を選ぶ？」

「へえ、生の卵はできるだけ新しい方がいいです。朝の産みたてを選びます」

「よし。だったら、玉子焼きにはどうだ」

「た、玉子焼きは……昨日の卵で」

「なぜだい」

「……産みたての卵は、白身の力が強過ぎる気がします。白身をよく溶いて黄身と充分に混ぜないと、舌触りが悪くふんわり焼けないです」

「四日前の卵では駄目か」

「……わかりません。でも四日前では古いのかなと……」

「食べ比べてみたか」

「い、いいえ」

「自分の舌で比べてみなけりゃ、四日前の卵が駄目かどうかわからないだろう」

「へ、へい」

政さんは、それぞれの笊から二個ずつ卵をとって、器に割った。菜箸で手早く、白身を切るように混ぜる。

「味はつけねえで焼いてみる。卵の鮮度と味の違いをお前さんの舌で確かめるんだ」

よく手入れされた、政さん自慢の玉子焼き鍋に、順番に卵液を流して玉子焼きを焼き上げた。いつもながらの早業に感心する。

「さあ、食ってみな」

やすは、箸で玉子焼きを割り、口に運んだ。

今朝届いたばかりの産みたての卵で作った玉子焼きは、味など付いていなくても充分に美味しかった。卵の旨味が口の中に広がって、豊かな気持ちになれる。が、少しだけ硬い、と感じた。いつも政さんが作る玉子焼きに比べると、ほんのわずかだが硬さがある。

昨日の卵で作った玉子焼きは、完璧だ、と思った。わずかな硬さが取れて、いつも政さんが作る玉子焼きと同じだった。

ここまではやすの予想通りだ。

最後に、四日前の卵で焼いた玉子焼きを食べてみた。


えっ！


美味しい。こっちの方が、昨日の卵で作ったものより、美味しい！

やすは思わず、政さんの顔を見た。

「どうだい」

「へ、へい。四日前の卵の方が美味しいです。ふんわりとしていて、白身と黄身が口の中で区別できません。完全に溶け合って、別のものみたいです。適度に弾力があるのに、ふわっと優しいです」

「その違いは、お前さんだからわかる程度のもんだ。ここの奉公人も客も含めて、その違いに気づく者は滅多にいねえだろうな。けどな、お前さんが気づけたってことは、客の中にはちゃんと違いに気づける人だっているかもしれねえってことだ。だから俺は、そういう客の舌に合わせて最善を尽くす。産みたての卵は白身の力が強過ぎるってことに気づいたお前さんはさすがだった。一人立ちしてる料理人だって、卵はなんでもかんでも産みたてがいいと思い込んでる奴は大勢いる。確かに生で食べるなら、卵は新しいに越したことはねえ。魚だって刺身で食うなら、その日に釣れたもんを食いたいだろう。だが魚だって、実は殺したばかりの奴よりも、血抜きして少しおいたもんの方が美味いんだ。殺したばかりは魚の身が硬い。半日ほどおいてやると硬さが取れて歯ごたえがちょうど良くなる。もっとも血抜きがいい加減だと、時間が経つほど生臭くなるから、しっかり血抜きしたもんしか半日もおけないけどな。卵は、産みたては白身の力が強過ぎて、いくらかき混ぜても完全には黄身と混ざらない。一日程度おけば、とり合えず綺麗に混ざるようになるから、玉子焼きを作るなら一日はおいた卵がいい。お前さんはそれに気づいたんだから、まあ大したもんだ。これまで教えたことはねえのにな」

玉子焼きは政さんが最初から最後まで一人で作っていた。これまでやすがやらせてもらえたのは、卵を割って菜箸で混ぜることだけだ。それも大抵は、やすが混ぜた後で政さんがさらに混ぜていたから、やすの混ぜ方では不足だったのだろう。

「うちはあくまで旅籠で料理屋じゃねえから、卵みてえな足の早いもんを一度にたくさんは仕入れられねえ。なので玉子焼きを作るにしても、卵をおいておけるのはせいぜい二日。それでも二日経てば、舌の肥えた客にも納得はしてもらえる玉子焼きが出来る。だが本当に美味いのは何日おいた卵なのか、俺はどうしても知りたくて、こうして比べて焼いてみたんだ。それで、玉子焼きを作るなら、卵は四、五日経ったもんがいちばんいい、とわかった」

「四、五日ですか……」

「五日も経った卵なんて、古くて不味い、そう思ってたろ。俺たち料理人は、いろんなことを先輩から教わって育つ。だがそれは逆に言えば、先輩の知識をそのまま鵜呑みにしてしまうことも多いってことだ。先輩の知識は大事だ、まずはそれに従ってやってみるのが常套だ。だがそこで止まってしまって、そのまま十年一日同じことを言われた通りに繰り返しているだけじゃ、永遠に先輩を追い抜けないし、料理人としても成長はそこで終わってしまう。ちょっとでも疑問を感じたら、確かめてみる。おやす、これからは俺が教えたことでも、納得が出来なかったら自分で確かめるんだ」

「……へい」

「あー、玉子焼き！」

素っ頓狂な声と共に台所に駆け込んで来たのは、数日前から奥向きの女中として働き始めた、ちよ、という少女だった。ちよは十六で、やすより一つ年上だが、見た目はずっと幼い。西伊豆の温泉旅籠の娘さんで、主人筋の遠縁らしい。いずれは旅籠の女将になることが決まっていて、その為の修業に出されたのだ。ただ、しばらくは奥向き、つまり主人一家の雑用をこなす女中として働くことになっていた。

「大旦那様が、何か甘いものを召し上がりたいそうですよー。お薬が苦かったんで、口の中が気持ち悪いって」

ちよの話によれば、西伊豆、土肥のあたりは品川と比べると信じられないほどの田舎らしい。なのであたしは田舎の山猿です、と言う。確かに日焼けした手足も顔も年頃の女子にしては黒過ぎるし、言葉遣いもぞんざいで、主人一家の人たちにも友達にでも話しかけるように話していてひやひやする。けれど、ちよの明るさ、屈託のなさは、奉公人たちの気持ちを浮き立たせてくれる。まだ働き始めて数日なのに、ちよはこの台所でもちょっとした人気者だ。やすは、ちよの無邪気さが羨ましかった。

「あたい、大好きなんですぅ」

十六にもなって、自分のことを「あたい」と呼ぶ。おしげさんの耳に入ったら叱り飛ばされるところだ。

「玉子焼きが嫌えな奴なんざ、いるのかい」

　政さんが笑いながら、ちよに箸を手渡した。

「ま、おちよも味見してみな」

「いいんですか！」

　ちよは早速、昨日の卵で作った玉子焼きに箸をつけた。

「えー、これ、味しませんよぉ」

「味をつけてねえからな。おちよは甘いのが好きかい」

「へい！　里では砂糖がもったいないからって、甘くしてもらえないんですぅ。品川の玉子焼きは厚くて甘くて、美味しいです！」

「その三つの皿の、どれがいちばん美味い？」

　ちよは素早く三皿とも箸をつけてから、唇を尖(とが)らせた。

「どれもおんなじですぅ。味がしませーん」

　政さんは笑って、残った玉子焼きに醤油をさっとかけた。

「残してももったいねえから、おちよ、食べちまいな。甘くない玉子焼きもおつなもんだ」

「あ、ほんとだ。お醤油でも美味しいんですね」

「玉子焼きが厚くて甘いのは、江戸界隈くれえなもんだろう。江戸は砂糖が割合に簡単に手に入るが、ほかのところじゃ砂糖は贅沢品だからな」

「上方の玉子焼きは、出汁を入れると聞いたことがあります」

　やすが言うと、政さんはうなずいた。

「上方のは出汁巻とも言って、卵を溶いたら出汁を入れて、薄い卵液を焼くんだ。玉子焼きが固まるのは卵が熱で固まるからだろ、出汁で薄めた卵液は固まりにくいから、こっちの玉子焼きみてえに厚くは焼けねえ。なので、うすーく卵液を広げて薄焼き卵を作り、それを巻いてだんだんに厚くしていく。でも焼き過ぎると巻いても一枚ずつがちゃんとくっつかねえでばらばらになっちまうから、とにかく手早く、一枚を焼き過ぎないでどんどん巻いていく技がいる。しかも焦がしちまったら切った時に、色の違う層が出来てみっともない。砂糖が入ってねえから手早く焼けば焦げねえが、油断すると色が濃くなっちまう」

「難しそうです」

「ああ、難しいな。上方の料理の方が難しい」

「そうなんですか」

「江戸っ子の好みははっきりしてる。めりはりのある、しっかりした味が好まれる。甘いなら甘いでとことん甘く、しょっぱいならしっかりしょっぱくする。半端な味だと寝ぼけてると言われちまう。だが上方では、品があるかないかが重要だ。めりはりの強過ぎる味は品がないと嫌われる。濃淡のはっきりしない、曖昧な、それでいて旨味はちゃんと強くないと駄目なんだ」

「なんかわがままですねえ、上方って」

「ははは、まあわがままって話なら、江戸っ子もたいがいわがままだけどなあ。いや、客はわがままな方がいいんだ。客のものわかりが良過ぎると、料理人にしても他の商売にしても、成長がなくなる」

「でも大旦那様のわがままは駄目です」

　ちよが言った。

「大旦那様はもう成長しなくっていいんですからね」

　政さんもやすも噴き出した。

「大旦那様はわがままなのかい」

「わがままですよー。わがままばっかり。今日だって、苦い薬は嫌いだ、もうわたしは長く生きないんだからこんな苦いもの飲む必要はないんだ、ってなかなか煎じ薬を飲んでくださらないし、台所に行って料理が出来上がるのを眺めたいってごねるし。番頭さんが、今日はお泊まりのお客様が多いので台所はとても忙しいはずだから、我慢してくださいって言ったら、大旦那様ったらむくれちゃって。つまらないから散歩に行く、ちょついて来なさいって、この雨にですよ！　だからあたい、濡れたら風邪ひくから嫌です、って言いました。行くんなら一人で行ってください、って」

笑いながらも、やすはそのやりとりの光景を思い浮かべて、心の底から羨ましいと思った。遠く血の繋がった親戚とはいえ、ちよはあくまで奉公人だ。それが主家の頭領たる大旦那様に、好き放題の口をきいてゆるされる。大旦那様もきっと、ちよのことが可愛いのだろう、ちよの前では子供のようにわがままになる。

「やれやれ。それじゃ、今夜は大旦那様が好物の玉子焼きでも作ってさしあげるか」

「大旦那様も玉子焼きがお好きなんですか」

「ああ、大好物だ。が、ちょいと手の込んだやつがお好きでな。よし、今夜はおやす、お前が作ってさしあげろ」

「わあ、あたい、味見しまーす。あたい料理はできないけど、味見なら得意なんで！」

「わかったからおちよ、お前は先にお前の仕事をしろ。お前さんは大旦那様から、何か甘いものをと言いつかってここに来たんじゃねえのかい。そろそろ持って行かねえと、遅いって大旦那様がお怒りになるぞ」

「あ、そうだった。何か甘いもの、ありますか」

「ちょっと待ってな」

政さんは、流しに冷やしてある木箱を運んで来た。外側の木枠をそっと外すと、黒い大きな豆腐のようなものがあった。

「これなんですか」

「小豆（あずき）の寒天寄せだ。夕餉の後にお客に出そうと作ってみた。おやす、そっちの小鍋をよこしな」

小鍋の中には、濃い緑色の出汁のようなものが入っていた。

「抹茶豆腐を擂（す）り潰（つぶ）したもんだ」

「抹茶豆腐」

「豆腐を裏ごしして抹茶と砂糖を混ぜてよく擂る。寒天を入れてもう一度固めれば抹茶豆腐。こいつはそれをさらに潰して擂った」

小豆の寒天寄せを切り分けて小皿に盛り付け、その上から緑色のものをかけた。

「わあ、綺麗」

「そうかい？　若い女が綺麗って言うなら大丈夫だな。おやす、そこに紅葉（もみじ）の塩漬けを戻したやつがあるだろう。一枚、ここに飾ってくれ」

「へい」

「さ、これ持って行きな。大旦那様に、雨でお散歩ができなくても、ちょっと紅葉狩りでもいかがですか、って言ってな」

「わー、これ、あたいの分もありますよね？」

「ああ、とっといてやるよ。早く持って行きな」

「まったく賑やかな子だなあ。あれで十六とはとても思えないな。おやすより二つ、三つ年下みてえだ」

「でも羨ましいです」

「羨ましい？　何がだい」

「おちよちゃんは物怖じしません。大旦那様とだってすぐに仲良しになってしまって」

「そりゃ親戚だからな、気安いだろうさ」

「ご親戚だとしても、今は主と奉公人です。あんな風には普通はできないです」

「常識のない田舎娘なんだよ。紅屋だからあれでもやっていけるが、他のとこに奉公したら叱られっぱなしだぞ、あれは。しかし、勘平はあの子とは気が合うだろうな。勘平もあんな感じだからな」

「でも似たところがあると、逆に気に食わないということもあるみたいです」

「気に食わないって、どっちがだい」

「おちよちゃんは勘ちゃんがうたた寝したり怠けたりしてるのに腹がたつみたいで、勘ちゃんにきついこと言ってます。役立たずとか、でくのぼうとか」

　政さんは苦笑いした。

「あのおちよがかい。やれやれ、自分のことは棚に上げちまって」

「お勝手の人たちは勘ちゃんに甘い、勘ちゃんが男だからみんなで甘やかすんだって。奥向きと言ってもおちよちゃんはおしげさんが見張ってますから、勘ちゃんほどには怠けられないんですよ」

「まあなあ、確かに俺らは、少し勘の字を甘やかしてるとこはあるけどなあ。けど勘の字は勘の字なりに、努力はしてるんだ。だがおやすと比べたら伸びがない。それは仕方ないことなんだ。人には生まれ持っての才ってもんがあって、料理の才は勘平にはない。前から言っているように、あいつの才を活かせる仕事にかえてやった方がいいのかもしれない。けどな、物事には何でも、嫌だと思ってもやらねえとならねえことはあって、それをやり通せない根気なしじゃ、どんな仕事をしたって身は立てられねえのも本当のことだ。俺としては、苦手でも嫌いでも、今は料理の基本、勝手仕事の基本をおぼえようとすることが、結果としてあいつのためになるんじゃねえかと思ってるから、あいつに勝手仕事を仕込んでる」

「へえ、勘ちゃんも政さんの気持ちはわかっていると思います」

「わかっててくれるといいんだがなあ。そうだ、あいつは物の形に興味を惹(ひ)かれる性質(たち)だったな」

「へえ、形が変わっているものが大好きです」

「ねまがり筍(たけのこ)の時も、ぐるぐる巻いて食うとか何とか、妙なことを考えてた。そのまんまじゃとても使える思いつきじゃねえが、同じ味なら見た目が変わっている方が、お客に喜んでもらえるし話題にもなる。その意味じゃ、勘平の考えも面白いとは思ったんだ。それでな、あいつにぜひ見せてやりてえもんがあったんだが……いつもの年なら暮には品川に来るんだが、今年は何せ大地震の後だ、どうなるかなぁ」

政さんは、何やら考え込んでいた。

五　星の甘さ

数日後、やすがおまきさんと裏庭で大根を干していると、どこかへ出かけていた政(まさ)さんが走って戻って来た。

「お、勘平(かんぺい)、ちょうどいい」

薪割(まきわ)りをしていた勘平に言った。

「今からちょいと出かけるぜ。その真っ黒な手と顔を、とにかく洗って来い」

「どこに行くんですか」

「おまえに面白いもんを見せてやるよ。この世でいちばん不思議な形の食いもんだ」

「この世でいちばん不思議な形の、食いもん？」

「いいから早く井戸に行きな。おやす」

政さんはやすにも言った。

「おまえさんも一緒においで」

「へ、へい？」

「なんだよ、政さん。あたしには見せてくれないのかい、この世でいちばん不思議な形の食べ物とやらを」

おまきさんが言うと、政さんは笑いながらおまきさんのそばに来て、何やら耳打ちした。おまきさんは笑顔になってうなずいた。

「なんだい、あれかい。確かにあれは不思議だね、誰に訊いてもなんであんな形になるのか知らないんだから」

「そ、そんなに不思議なものなんですか」

「ああ、不思議だよ。まあいいから、行っておいで。あれは作るとこを見ないと不思議さがわからないんだから」

やすは立ち上がり、前掛けをといた。

品川大通りを少し下って、通りのはずれまであとひと息、というところに、老舗の菓子屋の蔦屋がある。品川大通りには、江戸に入る手前で買い忘れていた手土産にと饅頭などを買う客の為の菓子屋がいくつかあるが、蔦屋はどちらかと言えば地元客を相手にしている菓子屋で、料亭や遊廓に菓子を卸していた。旅籠でも、紅屋のように自前の菓子を客に出すところは少ない。到着した客が夕餉までの間にちょっとつまむ、小さな饅頭や干菓子などの需要はけっこうあるのだろう。旅籠の奉公人が自分の為の菓子を買うのはもっぱら屋台か振り売りで、店を構えた菓子屋にはお遣いものや主人一家が食べる菓子を買いに行くだけなので、やすは蔦屋に入ったことがなかった。

だが政さんは蔦屋では顔馴染みのようで、暖簾をくぐるなり売り子の女衆が笑顔で声をかけて来た。

「あら政一どん、お久しぶりだねえ」

「権兵衛さん、いるかい」

「ちょっと待っておくれ、今奥にいるから。三太、権兵衛さん呼んで来とくれ。紅屋の政一さんがお見えだよ、ってね」

「へーい」

勘平よりも二、三歳は幼い小僧が、間延びした返事をしながら奥に引っ込んだ。

「政一さん、ちょっとこれ見ておくれ。新作だよ。権兵衛さんの自信作でね、なかなか評判もいいんだよ。昼までには売り切れちまうんだけど、今日は運良くまだ三個ほど残ってるから、そこの小僧さんと女中さんとで、どうぞお食べなさいな」

豆餅やら饅頭やらがきれいに並んでいる平箱の端に、確かに残り三個になった菓子があった。若々しい緑色をした、とても綺麗な菓子だ。

「片喰の形ですね」

その菓子は、寒天に何か緑色になるものを混ぜて作ったらしく、三枚の葉を模ってあった。酢漿草、片喰の葉だ。その下に透けて白い餡が見えている。

「とても綺麗です。でも……」

これが、それほど珍しい形のお菓子だろうか？

もの問いたげなやすの顔を見ても、政さんはただニヤニヤしているだけだった。

「ありがとうさん、けど今日のところは菓子を食ってる暇がねえんだ。夕餉の支度が始まる前に帰らないとなんないからな。それにこいつらにそんな上等な菓子を食わせるのはもったいねえよ。まだ店じまいまでには間がある、たった三個でもちゃんとおあしを払う客に売ってやってくんな」

勘平があからさまにがっかりした顔になったので、やすは噴き出しそうになった。

「おお、政さん」

奥から出て来たのは、巨漢の男衆だった。この人が権兵衛さんらしい。

「なんだ、久しぶりじゃないか」

「そんなに長いこと来てなかったかな」

「前に顔を出してくれたのは桃の節句の頃だったよ。ほら、雛あられに甘納豆を混ぜて売るといいと教えてくれた」

「ああ、あれはお江戸でそういう売り方が流行ってるって小耳に挟んだからな。そうかい、桃の節句以来ご無沙汰しちゃったかい、そいつは申し訳ない」

「で、今日は」

言いながら権兵衛さんは、ニヤリとした。

「まさか、もうあんたの耳に入ったのかい」

「ちゃんと知ってるよ」

政さんも笑った。

「今年は大地震があったんで、品川に寄ってくれないかもと心配だったが」

「何しろあっちこっちから引き合いがあるから、うちの都合では動いてくれないんだよ、あの人は。それに今年は、お江戸に行く前にちょいと寄ってくれただけでね、年内にも腰を上げちまうらしい。けど腕は超一流、どんな大きさにも自在に作れるし、すごいのはトゲの数までぴたりと注文通りにしてくれるってとこなんだ。一度あの人に頼んでからは、もう他の職人を呼ぶ気にはなれないよ」

「おまえたち、こっちだ」

政さんと権兵衛さんは、店の奥に進んで台所に入った。菓子屋の台所を見たのは初めてだった。紅屋で使っているものの倍ほど大きな釜や、餅を丸めたり練りきりを作ったりするのだろう大きな板などに、やすはいちいち目を見張った。だが政さんと権兵衛さんはそこで止まらず、さらに奥に進む。どこに行くのだろう。と、ガラガラ、ガラガラと何かを回しているような音が耳に響いて来た。それにつれて、鼻をくすぐる甘い香り。

これは……砂糖の香りだ。

引き戸を開けたその奥には、畳三枚分ほどの小さな部屋があった。その真ん中に、男が一人、木の腰掛けに半腰になって、大きな丸い鍋のようなものを回している。いや……鍋ではなさそうだが、見たことのない器具だった。男はその鍋から突き出た棒を握ってそれを回していて、その動きにつれて鍋のようなものも、ガラガラと回る。そしてその鍋のようなものの中には、何か白い小さな粒がたくさん入っていて、鍋の動きに合わせて震えながら回っている。

よく見れば、男が回している鍋のようなものは台にはめこまれていて、少し傾いている。そしてその台のようなものの下には七輪が見えていた。あの平たい鍋のようなものを下から熱しながら回して、中に入れた白い粒々を炒っているらしい。

「おや、政一さん」

男が手を動かしたままで笑顔を向けて来た。

「平助さん、今年は無理かと思ったんだが、会えてよかった」

「へい、今年から相模のほうでも祭りに合わせて来てくれと言われまして、それならついでに江戸にのぼって、ちょいとみなさんに喜んでもらおうかと考えましてね」

「地震でひどい目にあった人たちに金平糖を配るんですかい？」

「へい、江戸の菓子屋さんが砂糖代をもってくださるってんで」

「それはみんなさぞかし喜ぶだろうね。平助さんの金平糖は日の本一だと評判じゃねえか」

　金平糖！

　そうか、あれが金平糖……

　金平糖は高価な菓子で、とてもやすの口に入るようなものではないのだが、話には聞いたことがある。

「勘の字、どうだ、これがこの世でいちばん不思議な形の食いもんだ。金平糖、名前くらいは聞いたことがあるだろう？」

「おいら、食べたことがあります！」

　勘平は元気よく答えた。

「紅屋に奉公に出ることが決まった時に、親戚のおじさんがお土産に持って来てくれたのを、五粒食べました」

「そうか、美味かったか？」

「へい、甘かったです！ でもそんなに不思議な形じゃなかったなあ。おいらが食べたのは、トゲトゲが出てるやつだったけど」

やすは回っている鍋の中を見た。小さな白い粒々は、少しいびつな形をしてはいたが、トゲトゲ、などは見当たらない。

平助さんは片手で小さな鍋を持ち、その小鍋から液体のようなものを、左官の使う鏝にすくって、鏝を振るようにして白い粒々に少しずつ振りかけていた。

「平助さん、こいつらによく見せてやってもいいかい」

「構わねえですよ。けどけっこう熱いからね、間違って銅鑼に触ると火傷するから気をつけて」

回っている平らな鍋は、どら、という名前なのか。やすと勘平は平助さんの横に立って鍋の中を覗き込んだ。

「トゲトゲがない」

勘平が言った。

「やっぱり、おいらが食べたのは違う金平糖だ」

平助さんが笑って言った。

「いいや、同じもんだよ。この銅鑼ん中に入ってるのが、金平糖の赤ん坊だ」

「あかんぼう？　金平糖って赤ん坊を産むんですか！」

「産みやしねえよ」

平助さんはけらけらと笑って、腰のあたりに提げていた袋を摑んだ。

「小僧、手を出してごらん」

勘平が両手を突き出す。

「裏ぁ向けな。片方でいいから」

勘平が掌を上にして片手だけ出すと、平助さんはその掌に、袋の中のものをほんの少し、さらさらと落とした。

「そいつが何かわかるかい」

勘平は首を横に振る。

「おまえさんは？」

平助さんに訊かれて、やすは答えた。

「……芥子の実、ですか」

「そうだ、こいつは芥子粒だ。細けえだろう？」

芥子の実は本当に細かい。

「胡麻を使うやつもいるが、俺は芥子粒を使う。こいつが金平糖の核になる」

「……かく」

「こいつのまわりに、溶けた砂糖がからんで、それを下からあぶって炒ってやると、水気が飛んで、段々とトゲみてえな角が出てくるんだ」

「けど、鍋の中のはトゲが生えてないですよ」

勘平が鍋を覗き込んで言った。勘平の顔は生き生きとして、知らないことに出逢った喜びで輝いていた。

「金平糖の形になるまでに、そうさなあ、半月はかかるな」

「半月！　そのあいだずっと、鍋を回してるんですか」

「寝る時以外はずっとやってるよ。怠けると出来るのに日がかかって、次の仕事に間に合わねえ。ひとところの仕事が終わったら、次のとこにいくまでに二、三日はのんびりしてえからな」

「おまえたち、平助さんみてえな金平糖職人は、たいそうな報酬をもらってるんだ。そのへんの貧乏侍の禄より多いんだぞ」

「ひえっ」

勘平が素っ頓狂な声をあげた。

「そんなに儲かるんですか、金平糖！　だったらおいらもやりたい」

政さんが、笑いながらこつんと拳固で、軽く勘平の頭を叩いた。

「おまえみてえな堪え性のないもんが、半月も座って鍋回しっぱなしで我慢するなんて出来るもんか。それに、簡単なように見えて、平助さんのやってることはものすごく難しいことなんだぞ。砂糖をどのくらい、どんなふうにかけたらいいか、鏝の使い方ひとつで金平糖がちゃんと綺麗な形になるか、いびつで売り物にならないか決まるんだ。手さばきも、火加減も、修業を積まないと。平助さん、あんた弟子入りしてから一人立ちまで、何年かかりなすった」

「十の時に親方に預けられて、自分の銅鑼持って商売するようになったのは、はあ、二十歳をだいぶ超えてからだな。それも今みてえに仕事の引き合いがひっきりなしになったのは、三十過ぎてからかなあ」

「勘平、おまえ、あと二十年修業を積むかい」

「俺は弟子は取らねえよ」

　平助さんが笑った。

「弟子なんか取ったら、食わせてやったり病にでもなったら面倒も看てやらないとなんないからな、そういうのは面倒くさい。俺は気ままに一人で、銅鑼担いで旅をするのが楽しいんだ」

「金平糖って、旅をしながらでないと作れないんですか」

勘平の問いに、平助さんは真面目な顔で、うーん、と考えた。

「いや、特に旅をしなくても金平糖は作れるな。うん。この銅鑼さえあれば、どこでだって作れる。実際、店を構えてる職人もいるし、江戸の大きな菓子屋に雇われて作ってる職人もいる。けど逆に言えば、この銅鑼さえ担いでいれば日本中どこにいても仕事ができて金が稼げるわけだ。そうなると、ひとつっところで座りっぱなしの一生よりも、あちらこちらといろんなところに行っていろんな景色を見て、その土地の食いもんでその土地の酒飲んで、温泉に浸かって旅をしたい、そうは思わねえかい？金平糖職人でございます、って言えば通行手形も容易にもらえるしな」

勘平はとても羨ましそうに平助さんを見ていた。

「ところで勘の字」

政さんが、ぼーっとしてしまった勘平の頭をがしがしと揺すった。

「この金平糖が、この世でいちばん不思議な形だと言った意味がわかるか？」

勘平は首を横に振った。

「金平糖はトゲトゲが出てて面白い形だけど、この世でいちばん不思議とは思えないや。トゲトゲだったら雲丹だってトゲトゲ、栗だってトゲトゲだ」

「そうだな、雲丹も栗もみんなトゲトゲだな。けど雲丹や栗のトゲトゲにはちゃんと理由がある。雲丹は海の中で身を守り、魚に簡単に食べられちまわないようにトゲトゲになってる。栗も実が熟す前に、猿や鳥に食べられないよう、トゲトゲになってる。だったら金平糖は、なんでトゲトゲなんだろうな」

「なんで……なんでだろう」

　勘平は首を傾げて考え込んでしまった。

「ものの形にはみんな理由があるはずだろう？　なのに金平糖は、ただ芥子粒に砂糖を絡めて炒っただけなのに、どうしてあんなトゲトゲになるんだ？」

「……おいら、そんなこと考えたことなかった」

「平助さん、こいつに教えてやってくれないか。なんで金平糖はあんな形になるのか」

　ははは、と平助は笑った。

「そんなこと、俺も知らないよ」

「えっ、職人さんでも知らないんですか」

「俺の親方だって知らなかった。なんで砂糖を絡めて転がしただけで、あんなふうになるのか。ただ、なんでなのかはわからないが、どうやればあんなトゲだか角だかが出来るのかはわかるんだ。それが金平糖職人の技なのさ。砂糖水のまぶし方も大事だが、何より大事なのはこの銅鑼が、ちょいと斜めに据えられてるとこなんだよ。こうやって坂道を転がるように砂糖水をかけられた芥子粒が転がる、こうじゃないとトゲは出来ない」

「実は、誰も知らないんだ。どうして金平糖があんな形になるのか、は」

政さんが、勘平の頭を優しく撫でた。

「だから不思議なんだ。金平糖は南蛮渡りの菓子だ。金平糖が生まれた国にも職人はいて、毎日平助さんみてえに鍋を回し、金平糖は半月かけてトゲが出来てあの形になる。この世のどこで作ったたって、たぶんおんなじようになるはずだ。なのに、誰も知らねえんだよ、なんであんな形になるのかってことは。どうだ、不思議だろう」

勘平はうなずいた。やすもつられてうなずく。金平糖の形。それを作る職人でさえ、どうしてあんな形になるのか知らないなんて。やすにとっても、金平糖の形はとても不思議なものに思えた。

勘平は身を乗り出すようにして、銅鑼、と平助さんが呼ぶ鍋の中で転がる金平糖の

「赤ん坊」をじっと眺めている。

「この世には、不思議なもんがたんとある。おまえはそういう不思議なもんに惹かれる性質らしい。それは悪いことじゃねえと俺は思うよ。料理の世界にだって、金平糖みてえに不思議なことはまだまだあるんだ。おまえは味を想像することができねえと言ってたが、それは思い込みだ。自分には料理の才がないと思い込んで、はなから諦めてるからいけねえんだ。そうやって不思議なことに夢中になれる気持ちがあるんなら、料理にだって不思議なことは山ほどあるんだ、いつか料理にも夢中になれるかもしれねえよ」

勘平は返事をしなかった。もしかすると政さんの言葉も耳を素通りしているのかもしれない。今の勘平は、金平糖の不思議で頭がいっぱいなのだ。

蔦屋から戻る途中も、勘平はどこか上の空だった。平助さんが政さんに、以前作った金平糖をひと袋、土産にくれた。政さんはそれをひとり占めするような人ではない。きっと番頭さんに言ってから、それをみんなに分けてくれるはずだ。たとえひと粒ずつでも金平糖が食べられる、そう考えたら嬉しくて足取りも軽くなる。なのに勘平はそのことすら、頭にないようだった。

「やれやれ」

政さんは苦笑いした。

「こいつはしくじったな。勘の字には、かえって毒になったかもしれねえ」

「毒？」

「勘平の顔を見てみろ、すっかり心を奪われてるだろう」

「そんなに金平糖が気に入ったのかしら」

「いいや」

政さんは、歩きながら、ふうと溜め息を吐いた。

「あいつが気に入ったのはたぶん、金平糖職人のほうだな」

思っていた通り、泊まり客の夕餉が終わってまかないを食べていた時に、政さんが金平糖を配ってくれた。二粒ずつしかなかったけれど、もったいなくて口に入れることがなかなか出来なかった。その形は、じっくり見てみると本当に面白かった。雲丹や栗、というよりも、空に輝くお星さまに似ている、とやすは思った。鍋の中を転がしているだけで他に何もしないのに、どうしてこんな角がたくさん出来るのだろう。

なぜこんな形になるのか、職人でさえ知らないなんて。南蛮の、金平糖が生まれた国にも、知っている人はいないらしい。本当かしら。しかも、この形になるのに半月もかかるのだ。

意を決して舌の上にのせてみた。芥子粒に砂糖、使っているのはそれだけなのだから、舌の上ですぐに溶けてしまうのかと思ったのに、金平糖はいつまで経(た)っても溶けなかった。ただ甘さだけが、染み出すように口の中に広がった。歯でそっと噛(か)んでみてまた驚いた。とても硬い。こんなに硬いから、口の中でもなかなか溶けないのだ。

やすは嬉しくなった。たった二粒しかなくても、これなら長いこと楽しめる。

硬いほうがいい食べ物、というのもあるのね。

それは発見だった。なんでも柔らかくて食べやすいほうがいいと思い込んでいたけれど、そうではない食べ物もあるのだ。

このお星さまは、甘くて硬い。

そうだ、あと一粒は残しておいて、お小夜(さよ)さまにお持ちしよう。

……いいや、お小夜さまは金平糖なんていつでも食べられる人だった……

そう考えたら意気消沈してしまった。大好きなお小夜さまに、何か差し上げたい。

そう思うけれど、何を差し上げていいのかわからない。お小夜さまは、欲しいものがあれば欲しいとねだるだけで、たいがいのものは手に入る身分なのだ。それに引き換え自分は……

やすは、吐いても仕方のない溜め息を、また吐いた。

六　猪とお侍

さすがに朝晩の冷え込みはきびしい。

紅屋の裏庭からは海沿いの松林に続く草原が見わたせる。その草原は今は白く枯れ、枯芒の穂が重たく風に揺れていた。

寒い季節は水仕事が辛い。毎朝の水汲みは、紅屋に来てからずっとしている仕事なので特に辛いとも感じないが、茶碗を洗ったり洗濯をしたりするたびに冷たい水に浸されて、手指の先はすっかりひび割れ、手の甲にはあかぎれが出来ていた。

紅屋では、客用の洗濯物は洗濯屋が引き取りに来てくれて、綺麗に洗ってピシッと糊をきかせたものを届けてくれる。自分たちの着物や前掛けなどの洗濯は下働きの奉公人の仕事で、やすもお勝手で働く奉公人の洗濯物を毎日洗っている。そして奥の方々、大旦那様や若旦那様とご家族の皆様の衣類や寝具の洗濯は、ちよの仕事だ。

夕餉の支度が始まるまでの空いた時間にやすは洗濯することにしていたが、最近はその時刻に合わせてちよも洗濯物を抱えて井戸端に現れるようになった。ちよの屈託のない明るい笑い声は、あかぎれに水が染みる痛さや冷たい水で指先がじんじんと痺れる辛さを忘れさせてくれる。

「お鍋でお湯を沸かして、そのお湯をちょっとずつたらいに注げばいいと思うんです」

ちよは、水が冷たいとさんざこぼした後で言った。

「ほんのちょっと水がぬるくなったら楽なのに」

「お湯を沸かすには薪がいるでしょう。洗濯のたびに余計な薪を使うのは贅沢よ」

「そうかなあ。こうしてあかぎれが出来たら、軟膏を塗らないといけないじゃないですか。軟膏のお代よりも薪のお代の方が安いと思うんだけど」

「軟膏のお代は自分らのお給金から出るけれど、薪代は紅屋のお金なのよ」

「それならお金を出し合って薪を買えばいいんですよ。でもみんなお金出してくれないだろうなあ。洗濯するのは下働きの子だから、あたいら下働きの子の為にお金なんか出さないですよね。でも下働きだとお給金もないから自分らで薪が買えないし。あ、おやすちゃんは年が明けたら女中さんになるんですよね」

やすはうなずいた。若旦那様から、年が明けたら正式に紅屋の女中として雇い、給金も出す、と言われている。そのことを考えると今からわくわくして胸が高鳴る。これまでも大旦那様や奥様からお小遣いをいただくことはあったけれど、何も買わずに貯めていた。

　年明けからは、毎月決まったお給金をいただける。その中から月に一つ、自分の欲しいものを買うことも出来る。

　もちろん無駄遣いはしない。お金を貯めてどうしようという目標があるわけではなかったが、他の奉公人たちが給金のほとんどを実家に仕送りしていたり、その給金で子供を何人も養ったりしているのを見ているので、気楽な独り身だからと言って無駄にお金を遣う気には到底なれなかった。それに、先輩女中からいつも言われていることがあった。

　お金は大事だよ。世の中、お金がないと何も出来ない。あたしら女中はね、歳をとって一人前の仕事が出来なくなったらお店をお暇するしかないんだ。実家に戻れる身分ならいいが、あたしらがそんな歳になる頃には親だってもういない、代替わりしているところに戻ったたって邪魔者扱いされるだけだよ。そうなった時、住むとこを借りるにもお金がいる。何か小さな商売でも、と思ってもお金がなければどうしようもない。誰も助けてくれやしないよ、そうなったらのたれ死ぬしかないんだ。だからできるだけお金を貯めて、お店をお暇する時が来てもね、茶屋の一つも始められるくらいにしておかないとね。

そんな先のこと、と思う反面、身よりのないやすには切実なことでもあった。体が満足に動かなくなったら女中は続けられない。料理人だって、立ちっぱなしの仕事なのだ、腰が曲がったり膝が硬くなったら続けられないだろう。そうなった時に自分はどうすればいいのか。とりあえずお金があれば、のたれ死なずに済む。

人生は五十年。この頃ではもっと長く生きることも珍しくない。だがお勝手できびきびと働けるのはいくつまでだろう。一生、今のまま政さんの下で働いていられるなら幸せだけれど、きっとそうはいかないのだろう。政さんだって、いつか料理人を引退して隠居する日が来る。その時自分はどうするのだろう。どうすべきなのだろう。

「ねえ、おやすちゃん。おやすちゃん、ってば」

ちよに袖をひかれてやすは我にかえった。

「ぼんやりしちゃって、どうしたの？　お腹でも痛い？」

「ううん、大丈夫。ごめんなさい、ちょっと考え事しちゃって」

やすは止まっていた手を動かし、政さんの前掛けをごしごしとこすり合わせた。政さんの前掛けは、いつも驚くほど綺麗だ。同じ仕事をしているのに、やすの前掛けは醤油や油の染みがたくさん付いていて、洗うのに骨が折れる。なのに政さんの前掛けは、ちょっと染みがあるかな、という程度。政さんは揚げ物をしても油をはねさせないし、煮汁に具材を落としても汁がはねない、こぼれない。見た目は大男でごついのに、手の動きが本当に滑らかで優しくて、静かなのだ。江戸前の料理人は威勢の良さを売りにしていると聞いたことがあるが、江戸で修業した政さんは、まるで雅な上方の人のように、仕事が落ち着いている。

「あたい、おやすちゃんが羨ましい」

「え？」

やすはちよの横顔を見た。ちよは珍しく真面目な顔をしていた。

「だって、将来旅籠の女将さんにならなくてもいいんだもの」

「ああ、それはそうね。けどわたしには、おちよちゃんの方が羨ましいなあ。旅籠の女将さんなんて、素敵じゃないの」

「おやすちゃんは品川しか知らないから。品川の旅籠の女将なら、あたいだって文句ないよ。でもあたいが女将をやるのは、土肥の温泉旅籠だもの。あそこがどれだけ田舎か、おやすちゃん、行ったらきっと驚くよ。温泉町で旅籠は何軒かあるけど、店と言えば、土産物屋と茶屋ばっか。ちょっと気の利いた小間物屋一つ探してもありゃしない。芝居も年に一、二度、旅芝居が来る程度。髪結いだっておばあさんでね、江戸の流行りなんて知ったこっちゃなくて、日光の大権現様の時代じゃないかってくらい古臭い結い方しかしてくれない」

やすは思わず笑い出した。大権現様の時代の髪型なら、一度は見てみたい。

「そんな田舎の旅籠だもの、来るのはちょっと小金持ちの隠居じい様ばあ様の湯治客ばかりで、出す料理だって一年中、お刺身と煮物。紅屋みたいに毎日工夫を凝らしたお料理なんて、実家の宿の料理人じゃ作るどころか、頭で考えることもできやしない。せっかく紅屋で旅籠女将の修業をさせていただいても、実家に戻ったらそんなのみんな忘れて、ただもう毎日、同じような退屈な日々が過ぎていくだけになっちゃうのよ」

「そんなに悪く考えなくても」

「あたいの一生は、あの田舎の古臭い旅籠に縛りつけられて終わるのよ。好きな殿方がいたとしても、添い遂げることもゆるされない。あたいは一人娘だから、いずれは婿をとることになるんだけど、何しろ田舎のことだものね、よそ者が婿に入ってもうまくいかないだろうから、地元の人を婿に迎えるしかないのよ。地元の人、って言っても、まともな相手が何人いると思う？　村の男はみんな漁師か、金鉱掘り」

「金鉱？」

「うん、昔ね、土肥には金山があったの。それこそ大権現様の時代からしばらくはすごくたくさん金が出てたみたいなんだけど、元禄の頃から掘られなくなって、そのままほったらかし」

「金がなくなっちゃったの？」

「よく知らないけど、浅いとこにあるのを掘り尽くしちゃったんじゃない？　たくさん金が出ていた頃は、土肥も賑わっていて温泉町も大きかったんですって。でも廃鉱になってからは金が出ることなんかみんな忘れてるんだけど、実は今でも、ちょっと掘ると少しは出たりするらしいの。あ、これ、内緒にしてね。勝手に金を掘るのはご法度だから。村人も公然の秘密にしてるんだけど、掘ったからって必ずしも出るとは限らないし、出ても少しばかりじゃ割に合わないでしょ。だからまともな人は手を出さず、真面目に魚を獲って暮らすわけ。でも真面目に働くのが嫌いってやつはどこにでもいる。そういうはんぱ者が今でも山に入って、金鉱を探してるのよ」

「見つかるの、金鉱」

「さあ。お金があってたくさん人が雇えるなら、古い金山をもっと深く掘れば新しい金鉱に当たるんじゃないか、って言う人はいるけど、たくさん人が雇えるようなお金があれば、そもそも金鉱なんか探さないでも生きていかれる。それができない貧乏人で、しかもコツコツ働くのは嫌いってやつらが金を探してるわけだから、まあ見つからないよね、金なんて」

ちよは笑った。

「いずれにしても、そんなやつらを婿にとるわけにいかないでしょ。かと言って漁師も無理。あたいでさえが、ここでは口のきき方を知らないって叱られるのに、土肥の漁師なんかみんなひどい言葉遣いで、とてもじゃないけど旅籠でお客の相手ができるようなもんじゃないもの。そうなると婿に来てもらえそうな男衆は限られてて、分家の従兄だとか番頭さんの甥っ子だとか、昔から知ってる人ばっかり。何のときめきもない、期待もない。好きか嫌いか考えたこともないような相手なのよ。ああ、このままあたいは殿方に思いを寄せるなんてこともなしに、あの田舎温泉でおばあさんになっていくのよ。そんなあたいに比べたら、おやすちゃんはこれからどんな殿方に思いを寄せることだってできるし、やりたいことがあったら何でもできる。ほんと羨ましい」

やすは何も言わずにいたけれど、ちよが思っているほど好き勝手に生きられるはずはない。自分はこの紅屋に売られて来た身で、給金がもらえるようになっても、年季明けまでは父親が受け取った金を返し続けることになる。だからたとえ好きな男が出来たとしても、年季が明けるまでは嫁にはいかれないだろうし、料理人以外の何かになりたいと思っても、紅屋から出て行くことは出来ないのだ。

ちよはやすを羨み、やすはちよを羨んでいる。けれど結局、どちらもそう違わないのかもしれない。

「おちよちゃんは、もし旅籠の女将さんにならなくていいとしたら、何かしたいこと、あるの？」

「うーん」

ちよは洗い終えた腰巻や長襦袢などをまとめて絞りながら首を傾げた。ちよはなかなかの力持ちらしくて、ぎゅっと絞った布からざっと水が流れ出した。

「あたい、芸者になりたいな」

やすは驚いた。ちよが芸者に憧れているなんて、思ってもみなかった。

「あんなに綺麗に髪を結って、毎日違う着物着て。いいなあ」

「でも三味線や踊りのお稽古はとても大変らしいよ。それに着物もかんざしも、お代はみんな借金に上乗せされるんだから、綺麗に着飾れば着飾るだけ、年季が明けるのが遅くなるでしょう」

「でも三味線が出来れば、歳をとって芸者が出来なくなっても長唄のお師匠さんにでもなって生きていかれるもの。それにあたいなんか、一生年季の明けない奉公人みたいなものだもんね。田舎旅籠の一人娘に生まれたら最後、生涯そこから逃げられないんだから」

「三味線を習うだけなら、大旦那様にお願いすればさせてもらえるわよ、きっと。わたしだって、絵を描くのを習わせていただいたもの」

「ああ、それでおやすちゃん、お品書きの下に御膳の絵を描けるんだ。あれ、お客さんにとっても評判いいんですってね。お料理の名前だけでなく絵がついていると、食べた思い出になるって、皆さん持ち帰るっておしげさんも言ってた。おやすちゃんはなんでも良く出来て、あたいやっぱりおやすちゃんが羨ましい」

「おちよちゃんはみんなに好かれるじゃないの。おちよちゃんがいるとその場が明るくなって、みんな楽しそうな笑顔になるのよ。そういうのって、何よりすごいことだと思うな」

「それは、あたいがばかだから、みんな安心できるからよ。田舎を出る時に母上様に言われたの。品川のようなところに行けば、頭のいい人がたくさんいる。そんな中でいくら自分を良く見せようとしたってすぐにお里は知れる。むしろばかなふりをなさい。ばかなふりをしていれば、みんな安心して可愛がってくれるから、って」

やすは、今度こそ驚いてまじまじとちよの顔を見た。ちよは悪びれもせずに笑顔だった。

「おやすちゃんは、あたいがばかだから安心してるんじゃないよね。それはちゃんとわかるから大丈夫。だからあたい、おやすちゃんが一番好き」

ばかどころか、この子はとても賢い。もしかしたら、賢いの前に、ずる、が付くくらいに。

やすは、ほんの少し怖くなった。今の今まで、無邪気で屈託がない子だと信じていたのに、本当はどんな子なのか、わからなくなって来る。

やすはさっさと洗濯を終えて立ち上がった。

「ごめんね、おちよちゃん。夕餉の支度があるから先に行くね」

もともとちよの方が洗濯物の量も多いので、やすが先に洗濯を終えて戻ることは珍しくない。ちよは、うん、と笑顔でうなずいてまた手を動かし始めた。それでもやすは、ちよを一人残して来たことに、なぜか後ろめたい思いを抱いた。

「今夜のお膳は大評判だったよ」

客部屋付きの女中頭、おしげさんが、わざわざお勝手に顔を出してやすに言った。

「味ももちろんだけど、あんたの描いたあの絵がね、見てるだけで料理の匂いがして来そうだって、みなさん褒めてらした」

「ありがとうございます」

やすは少し照れて頭を下げた。

「あんたは鼻もいいけど、絵心もあるんだね」

「いいえ、絵は下手です。でも河鍋先生が、絵はうまい下手より、何かを伝えたいという気持ちの強さが大事だと教えてくださいました」

「ああ、あの、脇本陣に逗留されていた絵師様だね。今はお江戸でなかなかの人気絵師になったとか。なんでもなまずの絵が評判をとったらしいね。百足屋の人から聞いた話じゃ、かなりの変わり者だったみたいだねえ。しかも百足屋のお嬢様がその絵師様にほの字になっちまって、百足屋の旦那様が慌てて絵師様を江戸に帰しなすったって」

やすは驚いた。そんなことは知らなかった。河鍋先生が江戸に戻ったのは、先生の都合だと思っていた。

「もっともその絵師様には、今はもう許嫁がいるって噂だけどね。百足屋のお嬢様の方はいつまでお嫁にいかないんだろうねえ、あんなに器量良しなのに。あんた、あのお嬢様とは仲良しなんだろ。お嫁入りのこととか、聞いてないの」

おしげさんに悪気はない。他人の噂話は奉公人の日々の楽しみで、なかでも色恋沙汰や嫁入り話は噂話の華だった。おしげさんでなくとも、お小夜さまのようにお美しいお嬢様が、十七になってもお嫁入りの気配がなければ不思議に思い、いろいろと詮索したくなるだろう。

やすはただ、黙っていた。何を言っても嘘になり、噂の元になる。勘のいいおしげさんなら、やすの沈黙からだいたいのことは察してくれるだろう。

「ああそうだ」

おしげさんは、不意に話題を変えた。

「思い出した。あんたに言っとかないとと思ってて忘れていたよ。あんた、大通りの裏の山によく行くだろ、草だの摘みに。おとついだったか、あの山に登る道に猪が出たんだってさ。それもでっかいやつで、たまたま焚き付けを拾いに登っていた煎餅屋の小僧さんが出くわして追いかけられて、危うく牙で突かれそうになったんだって。猪も大きくなるととんでもない重さになるからね、そんなのに背中を踏まれただけでも背骨が折れて大変なことになる。しかも牙で突かれたら命も危ないよ。あんたも充分、気をつけなさいよ」

「そんならしばらくは、野草摘みは俺がやる」

政さんは、おしげさんから聞いた猪のことを話すとそう言ってくれた。

「どうせ、この季節になるともう食える野草もあまりないしな」

「けどあそこは細い枝がたくさん落ちているんで、竈の焚き付けを拾うのにいいんです」

「焚き付けなんざ、番頭さんの書き損じでももらえばいい。猪に出くわしたら命を落とすことだってあるからな」

「政さんのことも心配ですよ」

「俺は大丈夫だ。子供の頃から猪には何度も出くわしてる。それにしても、なんだってあんなとこに出るようになったんだろうな。よほど山に餌がないんだろうな」

「猪って、山では何を食べているんでしょう」

「なんだって食うだろう、あいつらは。百合の根やら木の実やら、虫も食うだろうしな」

「それなのに餌が足りなくなることがあるんですね」

「あそこに出たってことは、もっと麓まで降りて来るかもしれねえってことだ。その辺の草むらなんかからひょいと出て来ることもあるから、充分気をつけるんだぜ」

「へい」

品川宿は街道沿いに長細く続いているが、街道は人の往来が頻繁なので獣の姿を見ることはない。が、山の方に少し入れば、鹿や猪は珍しくなかった。ももんじ獲りが罠を仕掛けていることもある。四つ足の獣を食べるなんて、やすには恐ろしくてとても出来なかったが、ももんじ料理は江戸では密かに人気らしい。

やすは政さんが心配だった。子供の頃から何度も猪に出くわしていると言っても、いつも同じ猪ではない。小僧さんを襲った大きくて気性の荒い猪が、政さんに怪我をさせないとは限らない。

その日は百足屋さんにおつかいを頼まれた。百足屋の料理人頭の喜八さんから政さんに、南蛮渡来の変わった油が届けられ、その御礼にと、政さんが焼酎に漬け込んで作ったがまずみの酒を届けたのだ。がまずみの酒は滋養に富み、飲むと一日長生きできるらしい。秋に赤い実をつけるがまずみだが、その実は酸っぱくてそのままでは美味しくない。冬に入って実が赤黒くなり、表面に白っぽい粉をふくまで待てば甘くなるのだが、その頃には小鳥たちが競って実を食べてしまう。が、酒に漬けるなら酸っぱい方がいいのだそうだ。酒瓶の中に沈んだ実は赤くてきらきらとして、とても綺麗だった。今年作ったこの酒が美味しくなるのは二、三年経ってから。その頃になったら、自分もお酒がたしなめるようになっているだろうか。

喜八さんは、がまずみの酒をとても喜んだ。

「こうして実をただ焼酎に漬けるだけ、誰でも作れるみたいなんだが、政さんの作った酒は年を経るほどどんどん美味くなるんだよ。実がもともと持っている酸味と、加える砂糖の量の加減が絶妙なんだな。どうしてもその加減が知りたくって、すぐに飲める古い酒でなく、漬けたばかりのをもらえないかと以前に頼んでいたのを覚えててくれたんだな。漬けたばかりなら実から出る汁と酒とが馴染んでないから、砂糖の加減がわかるかと思ってな」

ただ果実を焼酎に漬けるだけ、と思っていたものも、やはり政さんの手にかかると一味違うものになるらしい。そしてそれを、どうやって作るのかと直接訊かずに、自分の舌で調べて作ろうとするこの人も、本物の料理人だ。そうするだろうとわかっていて、こうして漬けたばかりの酒を分ける政さんは、その料理人の気持ちに応えたのだ。

「おやすちゃん、少し暇があるならお小夜お嬢さんのとこに顔だしてあげておくれ。どうもあのお嬢さん、この頃旦那様と喧嘩をしているようで、ご機嫌が悪くて難儀してるんだよ。以前は甘いものをお出しすればご機嫌も直ったもんだが、流石に年頃なのかそうもいかなくなって来た。ま、脇本陣のお嬢様ってご身分なんだし、もうとっくに良縁に嫁いでいてもおかしくないお歳だからなあ。そこにさっき焼いたきんつばがあるから、それ持って奥に寄っておくれ」

言われた通りに、きんつばとお茶の載った小盆を持って、お小夜さまの部屋に向かった。

お小夜さまは部屋の真ん中に座って、何かの書物に熱中していた。

「あ、あんちゃん！」

顔を上げたお小夜さまは、その花のように美しいお顔をぱっと明るく輝かせた。

「今日はおつかい？」

「へい」

「ではあまり長くいられないのね」

「へい。けど半刻は大丈夫です。これ、焼いたばかりのきんつばです」

「あら嬉しい」

笑顔になったお小夜さまは、すぐに、ふふん、と顎を上げた。

「でも相変わらずね。甘いものさえ出せば私の機嫌が直ると思っているのよ、うちの人たちはみんな」

「そんなにご機嫌が悪いのですか」

やすはきんつばと茶を小机の端にそっと置いた。お小夜さまが本を読まれる時には、漆塗りのとても美しい小机が出されている。

「悪いわよ。すっごく悪い」

お小夜さまは、ぷう、と頬を膨らませて見せた。やすは思わず笑った。

「だってお父様ったら約束を破るのですもの」

「お約束ですか」

「お嫁にいかないなんて、そんなわがままは言っていないのよ。ただ、お嫁にいってからも医術の勉学は続けたいし、できればお相手のお医者様のところでお手伝いもしたい。だからお医者様をお相手に見つけてくださいとお願いしたの。そうしたら、おまえがそうしたいならとお約束してくださったの。なのに、お相手は薬問屋なんですって！　薬も医術も、病人を治すのだから一緒だろう、なんて！　わたしは蘭方医学を学びたいのよ。漢方のお薬のことでなく。それに問屋のご内儀は薬のことを学ぶより、取引やお商売のことを知ったり、奉公人の面倒をみたり、そういうことが役目でしょう。わたしがやりたいことと違うわ！」

聞くところによれば、薬問屋というのはたいそう儲かる商売らしい。百足屋の旦那様にしてみれば、大切な娘を貧乏な蘭学医などの嫁にするよりは、羽振りのいい薬問屋に嫁がせたいと思うのは当たり前だろう。蘭学医はお上によって厳しくその仕事が制限されており、漢方医のように儲けることは不可能だった。漢方医に適当な相手が見つからなければ薬問屋で、と考えたのはごく自然なことだった。

だがもちろん、それではお小夜さまの希望は叶わない。薬問屋はどこも大店で、その奥様ともなれば奥向きの用事だけでも大変な量だろう。奉公人の数も百足屋なみ、いやそれ以上かもしれない。もちろん雑用をこなしてくれる女中は大勢いるだろうが、ここぞという時には奥様が出なくてはならないだろうし、客人も多く、もてなしや付き合いだけでも日々忙殺されるに違いない。今のようにご本を読んだり、蘭学医のところで医術の手伝いをしたりする暇は多分なくなってしまう。お小夜さまがご機嫌を悪くするのも当然だった。

「もうそのお話は、決まってしまったのですか」

「どうかしらね」

お小夜さまはぷりぷりと怒ったままで、きんつばをぱくりと食べた。

「まだご本人とお会いしていないから、お会いして向こうがわたしを気に入らなければご破談となることもあるかもしれない。でもわたしのほうからはお断りできないのよ」

「なぜですか」

「お父様がそうおっしゃったの！　この話は何人ものお父様のお知り合いにお力添えしていただいて、ようやくまとまりかけている縁談なのだから、こちらから断ったりしたらお父様のお顔に泥を塗ることになってしまうのですって！　本当にひどいわ、お父様。わたしの承知もなしにそこまで縁談を進めてしまうなんて！　もうこうなったら、お会いして向こうから断っていただくしかないわね。うんとお行儀悪くして、嫌われて断られるようにしないと」

「それでも百足屋の旦那様のお顔に泥を塗ることになるのは一緒ですよ、お小夜さま。そんなにお行儀の悪い娘さんだと噂になれば、もう縁談も難しくなります」

「それは願ったりよ。縁談なんてもう来なくていい。もともとお嫁になんかいきたくないんですもの」

「それでは百足屋さんが巷で笑われてしまうかもしれません。お小夜さまほどにご器量のよろしいお嬢様が、お行儀が悪過ぎてお嫁にいかれないなどと噂されたら、旦那様だけではなく、奥様も世間からうしろ指をさされてしまわれます」

「妾腹の子だから躾もしないでほったらかした、って、ね」

お小夜さまは、ふう、と溜め息を吐いた。

「わたし、ここの奥様のこと、それほど嫌いなわけではないのよ。向こうはわたしのことは無視すると決めていらっしゃって、お顔を合わせた時に頭を下げても、わたしなどそこにいないかのようにすっと通り過ぎていらっしゃるだけだけれど、それでも季節ごとに呉服屋を呼んでちゃんと着物を仕立ててくださるし、月のものが来ている間は、痛みが和らぐお薬を煎じて女中に持たせてくださったり、具合が悪くて寝ていると知れば、お見舞いにお菓子が届いたりもするの。わたしを認めようとなさらないのは、吉原のお女郎をお妾にしたのをずっと隠していたお父様への仕返しなのでしょうね。本当は心のお優しい方なんだろうなと思うの。だからその奥様が、わたしのことで悪口を言われるのは辛いわ。できればそうならないようにしたい」

「それでしたら、わざとお行儀を悪くして縁談を破談にしようなどとは、なさらない方が」

「だったらどうしたらいいの？　このまま薬問屋に嫁いでしまったら、わたしはもう、医術の勉強も助手の仕事もできなくなる。わたしの夢はどうなるの？」

「お薬の勉強はできますよ」

「漢方薬の、でしょ。蘭学医の使う薬とは違うわ」

「それでも人助けの役には立ちます」

「そうじゃないのよ！」

お小夜さまは、苛々したのか湯呑み茶碗を叩きつけるように小机に置いた。

「わたしは、ただ人助けがしたいから医術を学んでいるのではないの。人助けは立派なことだし、すべきだと思うけれど、闇雲に人助けに手を出してもわたし一人で助けられる人など、ほんの少しでしょう。わたしは、蘭学を、いえ、蘭方医学を広める助けがしたいのよ。漢方医学にも優れたところがたくさんあるのはわかっているの。だってこれまで長い長い間、この国は漢方医学に助けられて来たのですものね。でもね、蘭方医学、蘭方医術は、とても早く人を治せるの。そして薬代が少しで済む。漢方の薬は高価なものが多くて、長屋で暮らしているような町人は病気になっても薬が飲めないし、長く患えば働くことができずに飢えてしまう。蘭方医術なら数日で良くなるような、腫れたおできや膿をもった傷でも、高価な薬を飲んでじっと寝ていなければならない。もちろん、蘭方医術は万能ではないし、傷口やおできを切開して治す時に、運が悪くてより悪化してしまうこともある。それでも大勢の人たちが、切開で早く治って仕事に戻れるようになるの。だからね、蘭方医術を広めることは、大勢の人を助けることになるのよ。わたしがしたいのは、そういうことなの」

お小夜さまの横顔は、いつもよりずっときりりとしていた。その頰に、つーっと一筋、涙が伝った。やすの胸は締め付けられたようにキリキリと痛んだ。

「でももう、何もかもおしまい。全部夢で終わるのね」

「お小夜さま……」

「わたしたち女には、人生を自分で決めることがゆるされない」

お小夜さまの言葉は、これまでお小夜さまの口から出たことのない響きを持っていた。

「そんなことわかっていた。お医者になりたいと思った時から、女に生まれたことが悲しかった。でも綺麗な着物を着たり、髪にかんざしをさしたり、そうしたことは楽しいし、それができるのだからいいわ、と思っていた。……みんなごまかしね。噓ばかり。わたしは薬問屋に嫁いで、毎日忙しくしているうちに子を孕んで、その子を育てているうちに歳をとる。そしてその子が一人前になる頃にはすっかり年老いて、若い頃にそうありたいと願っていたのとはぜんぜん違う人生の終わりに、今と同じように溜め息を吐いて、そして死ぬのよ。他にどうしようもない」

「お小夜さま、そんな悲しいことはおっしゃらないでください」

「でも本当のことだもの。おやすちゃん、いいえ、わたしの大切なあん。あなたが羨ましい。あなたの夢は料理人になることでしょう？　女の料理人なら、数は少ないけれどいるはずよ。料理人と呼ばれていなくても、自分が作ったものをお客に食べさせてお金を稼いでいる人なら、女にもたくさんいる。一膳飯屋や弁当屋、煮売屋。美味しいものを作ってそれを売って稼ぐことなら、女にだってできるわ。いつかあなたがどこかでそうした仕事を始めたら、わたし、あなたの作ったものをお金を出して買って、そして食べたい。せめてあなただけは、夢を叶えて」

「お小夜さま、そんなに簡単に自分の人生を諦めてしまわないでください。どうしてもそのご縁談がお嫌でしたら、その気持ちをぶつけてみたらどうでしょう」

「お父様には、もうこちらが根負けするくらいぶつけたわ。さすがにわたしと血の繋がるお父様よね、頑固なことではかなわない」

「旦那様にではなく、ご縁談のお相手様にです」

「へい。二人だけでお話がしたいと申し出てください。わざとお行儀を悪くして嫌われようとされるくらいでしたら、正直にすべて打ち明けて、向こうから断っていただく方が失礼でないと思います」

「そんなことしたらかえって怒らせてしまわないかしら」

「そうかもしれません。お相手の方の度量が狭ければ、お怒りになられるかも。けれど怒るくらいですからまさか、それでもご縁談を進めようとはなさらないでしょう。どのみち破談になるのでしたら、継母様の躾が悪いなどといらぬ陰口の元になるより、まだましじゃないでしょうか」

「ましなのかどうかはわからないけど……でも相手が変わり者で、それでもいいから嫁に来いとおっしゃったら？」

「条件を出すのです」

「条件」

「へい。奥のことはきちんといたしますがと申し上げた上で、雑用は女中にさせることをおゆるしいただいて、その空いた時間にこれまで通り、蘭方医術の勉強をされることを認めていただくのです。もちろん薬の勉強もいたしますと。今はそれだけ約束いただいて、できれば一筆したためていただくのです。そして嫁いだのちは、時間をかけてお相手様にお小夜さまの夢を理解していただくのです。わたしは医術のこともお薬のこともわかりませんが、薬問屋というのは南蛮や朝鮮との取引もされていると聞いたことがあります。蘭方医学でもお薬は必要なのでしょう？　黒船以来、外国のものがこの品川にもたくさん入って来ています。きっとお薬も、蘭方医学で必要なものは外国から買い入れなくてはならないのではありませんか。そうしたお商売を、嫁ぎ先の薬問屋さんでもいつかはされるようになるかもしれない。蘭方医学の勉強は、お店のお商売の役にも立つと、説得するのです」

お小夜さまは、ぽかんとした顔でしばらくやすを見つめていた。

赤みの強いふっくらとした小ぶりの唇が、ぽ、という形に開いて、白い前歯が少しだけ見えているのがなんとも愛らしい。こんなにお美しくて愛らしい方から頼まれれば、それなりに男気のある殿方ならば否とは言うまい。

「どうせだめでも、今諦めておしまいになるよりは、やれることをやってから諦める方が気持ちもすっきりすると思います。条件は呑めないが嫁には来いと理不尽に責められたら、最後の手段、その場で大泣きして旦那様のところに戻り、どうしても嫌でございます、と言い通す手もございますよ。あんなお人は嫌でございます。あんなお人の妻になるくらいでしたら死にとうございます、と」

「そんなことしたら大騒ぎになりそう」

「へい」

やすはにっこりして言った。

「ですが、そこまで嫌われたと噂が立てば、お相手様の方もお困りになるでしょうから、きっと何もなかったことにして、皆様でお口を噤(つぐ)んでおしまいになるのではないでしょうか」

お小夜さまは、あはは、と笑った。しばらく聞いていなかった、あの天真爛漫(てんしんらんまん)な笑い方だった。

「わたしの大事な、あん。あなたがいてくれて、本当に良かった」

お小夜さまは膝でやすの方ににじり寄った。やすもお小夜さまに近づいた。とてもいい香りがした。高価な香木の香りだ。お小夜さまはいつから香木のお香をお使いになられるようになったのだろう。初めてお会いした頃は、匂い袋をお持ちになっていらした。

お小夜さまは、どんどん、ぐんぐんとお綺麗になっていかれる。このご縁談がまとまれば、春には奥方様となる。

お江戸かどこか知らないけれど、薬問屋の若奥様となられて、遠くに行ってしまわれる。

遠く。遠くへ。

手の届かないところへ。

「あん。わたしのあん」

「へい」

「ずっと仲良しでいてね。わたしがお嫁にいっても」

「もちろんです。ずっと、ずっと仲良しです」

「時々は会えるといいね」

「へい。年が明けたら女中としてお給金がいただけます。お休みも、藪入り（やぶいり）と正月にはいただけます。わたしはどこにも帰るところがありませんから、お顔を見にお小夜さまのところに参ります」

「きっとよ。必ず、よ」

「へい、必ず」

ぎゅう、と、お小夜さまの指がやすの背中に食い込んだ。お小夜さまが込めた力は、悲しみや寂しさをすべて摑ん（つかん）で、そのまま握り潰そ（つぶそ）うとしているかのようだった。

多分、こんな一刻はもう二度とやって来ない。

やすは思った。自分もお小夜さまも、新しい扉を開けてその先へと進む時なのだ。どんなに寂しくても悲しくても辛くても、いつか必ず、その扉の先へと足を進めなくてはならない。誰であれ。


どうしても送って行く、とお小夜さまが言い張ったので、やすはお小夜さまと手を繋いで紅屋へと戻る道を歩いていた。まだ夕刻にはしばらくあるが、お小夜さまが紅屋から戻るには、日が落ちかけた夕暮れの中を歩くことになる。きっと番頭さんはびっくりして、お小夜さまの為に駕籠（かご）を呼ばれるだろう。あるいは男衆の誰かをつけて送らせるか。考えたら番頭さんにとっては、ちょいと迷惑な話だ。それでもお小夜さまのそんなわがままも、もうじきこの品川から消えてしまうのかと思うと、やすはやっぱり寂しかった。番頭さんにはそう言って謝って、駕籠を雇っていただこう。

もうじき、お小夜さまはお嫁にいかれるのです。お別れなのです。

「へえ、猪が！」

やすの話に、お小夜さまは目を輝かせた。お転婆（てんば）は相変わらず直っていない。

「すごいわね、見てみたい」

「危のうございます。大きな猪で、牙で突かれたら命がないそうですよ」

「死んだ猪なら見たことがあるのよ。亡くなった母は下総（しもうさ）の出でね、母のお兄様、わたしの伯父（おじ）が今でも下総で百姓をしているの。子供の頃に一度だけ、母とその家を訪ねたことがあって、その時にそこの畑の芋を荒らすので仕掛けた罠に、猪がかかったのよ。そんなに大きな猪ではなくて、まだ子供だったかもしれない。苦しんでいたので伯父が鍬（くわ）でとどめを刺した。わたしが見たのは、横たわっている茶色の塊よ。怖かったので近くに寄って見なかったから、顔がどこにあるかもよくわからなかった」

「その猪は、それからどうなったんです？」

「さあ、土に埋めて畑の肥やしにしたのかしらね。それとも下総にも、ももんじの肉を売り買いする人はいるのかも」

「四つ足の生き物を食べるなんて、恐ろしいです」

「あらそう？　南蛮では獣の肉を食べるのがごく当たり前のことなのよ。今はお江戸でも、猪を山鯨（やまくじら）と呼んで食べさせてくれるお店が大人気なんですって。わたしは一度、食べてみたいわ」

「獣は近くにいるだけで臭（にお）います。きっと獣の肉も臭いがきついと思います。とても食べられるとは思えません」

「ももんじ屋が人気なのは、珍しいからというよりも美味しいからだと思うわ。だとしたら、きっと、肉の臭いを消す方法があるのよ。駄目ねえ、おやすちゃん。料理人を目指すなら、食べられそうにないものを美味しく料理することに、もっと興味を持たないと」

それはそうなのだが、やはり無理だ、とやすは思った。だいたい、四つ足の生き物はみんな可愛い目をしている。犬でも猫でも、牛や馬でも。そしてその目から涙を流すし、感情のこもった鳴き声もあげる。そんな生き物を食べてしまうなんて、なんだかとてもひどいことのように思える。

「獣の肉は薬でもあるのよ」

お小夜さまが、やすの心を覗いたように笑って言った。

「だからももんじ喰いは薬喰いとも呼ばれるのよ」

「それは四つ足を食べていることを知られたくなくて、肉を薬などと称しているのではありませんか」

「もちろんそうね。でも本当に、獣の肉は薬になるの。何より滋養がとてもとてもあるのよ。胸を患った人に肉を食べさせれば、人参を煎じるよりも効果があると言われているの。それに肉を食べると体も大きくなるわ。南蛮の人たちがみんな大きいのは、彼らが肉ばかり食べているからよ」

「それでも、やすはけっこうでございます」

　やすは身震いした。

「獣は人の食べ物ではないと思います」

「おやすちゃんも頑固者ね」

「へい、頑固です」

　その時、やすの鼻が、ツンとする何かの臭いを感じた。やすは足を止めた。

「どうしたの？」

　やすは辺りを見回した。百足屋のある南品川から紅屋までは、歩いて半刻もかからない。道筋の大部分は品川大通りで、人も荷車もたくさん通っている。だが大通りに出る少し手前で、ほんのわずかか、人の気配の少なくなる場所があった。芒などの背の高い草が茂っていて、道はあるが草に隠されて歩いている人の姿があまり見えない。ちょうど今、二人はそこを歩いていた。

　やすはお小夜さまの袖を摑み、止まるよう促した。

「どうしたのよ、おやすちゃん」

「臭います」

「臭うって、何が」

「……獣です」

「えっ。まさか猪！」

「こんなに海に近いところに猪が出るとは思えませんが……」

「でも、だったらなに？」

やすは首を横に振った。獣であることは間違いないが、どんな獣なのかまでは臭いでは判別ができない。しかもその臭いは微かだった。やすは深呼吸して、もう一度臭いを嗅いだ。

……血が混ざっている！

怪我をした獣だ！

危険かもしれない。

熊でも手負いは凶暴になると言う。もし猪が人に追われて怪我をして、水を求めてこんなところに隠れているのだとしたら、相当に気が立っているに違いない。迂闊に近づけば牙で突かれるかもしれない。

「ねえおやすちゃん、何なの？　どんな獣？」

「わかりません。でも近づかない方がいいと思います。そっと後ずさりしてここから出ましょう。戻って、南品川の通りから山沿いに大通りに出る方がいいと思います」

「遠回りよ、かなり」

「獣の血の臭いがします。怪我をしているとしたら、すごく気が立っていると思います。近づいたら襲われます」

　お小夜さまは身震いして後ずさりし始めた。やすはお小夜さまを庇うように前に立ち、一緒に後ずさりした。

　その時、強い風が吹いた。目の前の草が風にかき分けられ、その先に何か茶色の塊が地面に丸くなっているのが見えた。

「猪じゃないわ！」

　お小夜さまが叫んだ。

「熊でもない！　もっとずっと小さいわ。きっと、犬よ！」

　犬？

　そうだろうか。犬の臭いならそれとわかりそうなものだが、この獣の臭いはやすの知らない臭いだ。

「犬よ、間違いない。犬なら放っておけないわ」

お小夜さまが走り出した。

「あ、お待ちください、それは犬では」

やすもその後を追った。

「やっぱり犬じゃないの」

そこに丸くなっていたのは、確かに、仔犬(こいぬ)ほどの大きさの生き物だった。茶色に見えていた毛はとても汚れているだけで、洗えばどうやらもっと白っぽくなりそうだ。

お小夜さまがそっと、その獣を抱き上げた。

「あらまあ！」

お小夜さまが素(す)っ頓狂(とんきょう)な声を上げた。やすも思わず、変な声を出してしまった。

それはやはり、犬ではなかった。いや、多分、犬ではなさそうだった。もちろん猪ではないし、狸(たぬき)でもなさそうだ。

が、何なのかわからない。

強いて似ている獣を挙げるとすれば……猫？

「これ、なぁに？」

自分の腕に抱かれている獣をお小夜さんが覗きこんで首を傾げる。

「…猫、みたいね。でも猫にしては顔がぺしゃんこよ。それにこんなに長い毛の猫なんて、見たことない」

汚れてもつれた毛はぐしゃぐしゃで汚かった。確かに、猫にしてはあまりにも長い。

その猫のような生き物は、とてもか細い声で少し鳴いた。

みぃ、と聞こえた。

「やっぱり猫ね！　でもこんな変な猫、初めて見たわ」

猫は臭わない。猫の臭いと言われているのは猫の糞尿の臭いだ。猫の尿は特に臭く、発情期の雄猫の尿はひどい悪臭がする。なので猫は臭いと言う人もいるが、猫自体は毎日自分で体を舐めて綺麗にしてしまうので、ほとんど臭わない。

やすの鼻が感じた悪臭は、この猫らしき生き物の臭いというよりも、傷口の膿の臭いだった。

「ひどい怪我だわ。傷口が膿んでいる。このままだとこの子、死んでしまう」

「犬猫のお医者様のところに連れて行きますか」

「品川には犬猫のお医者はいないのよ。人のお医者で犬も診てくださる方はいらっしゃるけれど。でもこれは多分、他の猫に咬まれた傷ね。これならわたしでも治せるわ。けれど早くしないと、死んでしまう。おやすちゃん、ここからならうちに引き返した方が早いから、わたし、この子と戻るわ。あなたは仕事があるでしょう。叱られないように帰りなさい」

「そんな、お小夜さまを一人にしてはおけません」

「大丈夫よ、この子を抱いたままで走って戻るから」

「いけません。お小夜さまをお一人で帰したなどと言ったら、わたしが叱られます。お小夜さまを百足屋さんまで送ります。その後走って紅屋に戻れば、夕餉の支度には間に合いますから」

「嘘おっしゃい。あなたが叱られるのをわかっていてそんなことできない。いいから帰って！」


「大丈夫ですか」

芒の向こうから声がかかった。

「どうかされましたか」

現れたのは、とても姿のいいお侍さまだった。けれど二本差しを目の前にすると、どうしても緊張して体が強張った。

「おや、あなたは百足屋のお小夜さん」

「進之介さま」

　お小夜さまは、安堵したように微笑んだ。

「良かった。おやすちゃん、この方は遠藤進之介さま。お父様のお知り合いよ」

　やすは頭を深く下げた。

「進之介さま、わたしを百足屋まで送ってくださいませんか」

「それはもちろん構いません、実は百足屋さんに向かうところでしたから。しかしそれは」

「怪我をしているのです」

「……それは何ですか。狸でしょうか」

「こんなに鼻の短い狸はおりませんわ。見たことはないですが、南蛮渡りの猫ではないかしら」

「猫！　ははあ。こんなに毛の長い猫がいるのですね」

「家に戻って手当をしないと死んでしまいます」

「それは大変だ。では参りましょう。あ、そちらの女中さんは」

「おやすちゃんは紅屋さんの女中さんなの。おやすちゃん、もう大丈夫よ。進之介さまに送っていただくから、あなたは早くお帰りなさい」

「へ、へい。それでは失礼いたします」

「この子のことや、あのこと、そのうちに文を出しますからね」

「へい、お待ちしております」

あのこと、というのは、縁談のことだろう。

「また近いうちに、必ず来てね」

「へい」

「きっとよ」

「へい」

やすは、進之介さまとお小夜さまの姿が視界から消えるまで見送ってから、紅屋に向かって走った。


遠藤進之介。あの若侍は、百足屋さんとどんな繋がりがあるのだろう。

このところ、品川には若いお侍の姿が増えている。特に大勢いるのは薩摩藩の若侍たちで、意味のよくわからない言葉で大声で話す。お酒もたくさん呑むらしい。威勢もよく、遊びも派手で、薩摩藩と聞くとやすは少し怖く感じる。見たところ遠藤進之介は薩摩の人には思えなかったが、薩摩藩にもずっと江戸詰めの藩士はいるだろうから、見た目の印象だけではわからない。

いずれにしても、お侍のことはやすにはまるでわからないし、興味もさほどなかった。紅屋にもお侍はたまに泊まるが、大広間のない紅屋には大勢の藩士が一度に泊まることはなかったので、どこの藩のお侍なのかと気に留めることもなかった。

なんにせよ、あのおかしな猫が助かるといいが。やすは足を止め、大通りの路傍に立てられたお地蔵さまに手を合わせた。

あの猫が助かりますように。

お小夜さまの縁談が、無事に壊れますように。

ふと、夕暮れの風にお小夜さまの香が香った気がしたが、もちろん気のせいで、やすの鼻腔をくすぐったのは、潮風の冷たさだった。

七　おあつさんと猫

おかしな顔の猫は、お小夜さまがご自分の部屋で飼われることになった。百足屋も旅籠で食べ物を扱うので、動物を飼うことができないが、お小夜さまのお部屋は奥座敷にあって百足屋とは仕切られているから構わないだろう、ということらしい。が、お小夜さまはじきにお嫁入りされてしまうので、ずっと飼ってくれる人を探している。

猫の怪我（けが）はさほど重くはなかったが、傷口が膿（う）んでいて、お小夜さまがご自分でその傷を手術されたらしい。手術というのは、刃物で傷口を切り開き、膿んだところをえぐりとって、針と糸でその傷口を縫うのだと言う。想像しただけで、やすは身震いしてしまった。蘭方（らんぽう）医学というのは、なんだかとても野蛮（やばん）に思える。それでなくても怪我をしているのに、それを切ったりえぐったりして、どうして治りが早くなるのだろう。痛みで猫が暴れるので、紐（ひも）で縛って手術したのよ、と、やすが紅屋（くれないや）からのおつかいで百足屋に行った際、お小夜さまはとても自慢げに教えてくださった。けれどその腕に抱かれていた大きな猫は、とても幸せそうな顔をしていたので、怪我が治りかけているのは確かなことのようだった。

「やはりこの猫、南蛮（なんばん）渡りのようね」

「めりけんからではないのですか」

「お父様の知り合いの廻船（かいせん）問屋さんが、長崎（ながさき）で同じような猫を見たことがあるのですって。でもこういう猫は、めりけん人にもとても人気があるらしいの。だから横浜（よこはま）村のめりけん人が飼っていたのかも」

「横浜村から、猫が品川（しながわ）まで歩いて来たんですか。遠いですよ」

「猫を連れてお大師（だいし）さま参りでもした時に、逃げてしまったのかも。だとしたら困ったわね、めりけん人の猫を黙って他の人にあげてしまうわけにもいかないし。お父様が、横浜村で商売をしている知り合いに、猫を逃してしまった人がいないか聞いて回ってもらおうとおっしゃってるの」

「お優しいですね、百足屋の旦那様」

「猫が好きみたい」

お小夜さまは、くすくす笑った。

「今までほとんどこのお部屋にはいらしてくださったことがなかったのに、この猫が来てからはね、毎日のようにお顔を出されて、猫を抱いて遊ばれるのよ。いっそのことお飼いになればよろしいのに、飯を出す旅籠に動物は置けないって。お父様のご寝室も奥なんだから、ここと同じなのにね」

お小夜さまがあずけてくださったので、やすは大きな猫を腕に抱いた。大きいだけあって、猫とは思えないほど重たい。けれど、長く柔らかな毛は絹糸のようで、うっとりするような撫で心地だった。猫の体温は人のそれよりも高いらしい。とても温かい。

「おとなしいですね」

「そうなの、とってもおとなしい子なの。でも人見知りもしないし、餌もよく食べるのよ。魚のアラを煮てあげているんだけど。南蛮の猫は魚は食べない、獣の肉や鳥の肉をあげないと、って、廻船問屋の人が言っていたけど、そうでもないみたい」

「鼠は食べるんでしょうか」

「さあ、どうかしら。この部屋には鼠が出ないのでわからないわ。今度米蔵にでも連れて行ってみようかしら。うちの米蔵はちょっと離れた山の方にあるんだけど、そこでは鼠除けに猫を飼っているのよ」

一度に百人もの客が泊まる百足屋ともなれば、入り用な米の量も半端ではないだろう。米蔵を別に持っているのはうなずける。

「でも段々と、この子と離れがたくなっちゃった。お嫁にいく条件に、この子と一緒でないと嫌です、と入れてもらおうかしら」

「薬問屋さんとのご縁談はどうなりました？」

「ああ、それね」

お小夜さまが憂鬱そうに溜め息を吐いた。

「今度お会いすることになったの。あんちゃんが言ってくれたように、医術の勉強は続けたい、と言ってみるつもりだけど。……お話が決まれば、年が明けてから祝言ね。お支度があるから、来春の弥生の頃になるかしら……でもお父様はせっかちだから、春になるまで待てないかも」

　その言葉に、やすは思わず涙ぐんだ。こうしてお小夜さまと過ごせる日は、あとわずかしかない。

「そうそう、進之介さまがね、今度紅屋に泊まってみたいっておっしゃってたわ。百足屋に泊まるならいつでもただなのに、藩から路銀が出ているからって、いつも律儀にお金を払ってよその旅籠に泊まっておられるのよ。それも、藩の大切なお金だから節約しなくては、と、町人しか泊まらない安宿に。本当に変わったお方よね、同じ薩摩藩でも、揚羽屋で毎日酒盛りしている方々もいらっしゃるのに」

「薩摩藩の方なんですね」

「ええ、江戸詰めですって。薩摩の藩主様のお供で江戸にいらっしたそうよ。でも始終、薩摩と江戸を行き来されていらっしゃって、その都度、品川にお泊まりになるの」

「お言葉にお国訛りがあまりありませんでした」

「ああ、そう言えばそうね。お父様の話だと、進之介さまは特別なお役目につかれているとかで、きっと、薩摩藩士だとさとられてはいけないこともあるんでしょうね。だいたい、進之介、というお名前も本当のお名前ではないみたいなの」

「そうなんですか」

やすは驚いた。絵師が雅号を用いることはなべ先生から聞いて知っていたが、お武家様にも色々なお名前を使い分ける方がいらっしゃるのだろうか。

「わたしに初めてご挨拶くださった時は、遠藤進之介、と名乗っておられたけれど、お父様とお二人で話しておられた時には、お父様はね、かわじさま、とお呼びしていらしたのよ。聞き間違いかと思ったけれど、何度もそう呼んでいらした。……あらやだ、立ち聞きしていたわけではないのよ、たまたまね、たまたま、客間の前を通りかかって」

お小夜さまは頬を赤くして首を横に振られたが、やすはただ微笑んだ。お小夜さまの詮索好きは、以前から変わらない。

「もう、やだわ、あんちゃんたら」

わたしのせいですか、と笑いそうになるのをやすは堪えた。

「進之介さまのことなんか、どうでもいいわ。興味ないもの」

「ご立派で、涼やかなお方でしたが」

「まあね、見た目もいいし、ご立派な方には違いないわね。でも薩摩藩の方と親しくなってはいけないのよ、本当は」

「なぜでしょうか」

「藩主の島津（しまづ）さまが、幕府のどなたかと不仲でいらっしゃるんですって。詳しいことは知らないけれど」

それも立ち聞きされたのですね、と、やすは心の中でまた噴き出した。

「政（まつりごと）のことなど、わたしたち女子（おなご）には関係がないわ。進之介さまと親しくなりたければそうします。でも別に、親しくなりたいわけではないし」

「ご親切な方でした」

「あら、あんちゃんはああした方が好み？」

「いいえ、めっそうもない」

やすは、ぶんぶん、と首を横に振った。お小夜さまは朗らかに笑った。

「そうよねぇ、進之介さまは、河鍋（かわなべ）先生とはまるで違うわね。わたしもあんちゃんも、河鍋先生のような、少しぼーっとしたお方に惹（ひ）かれるのよね」

「ぼーっとしたなどとは」

「ぼーっとしていたわ、あの絵師さまは。もうじきあの方も、許嫁（いいなずけ）の方と祝言をあげられるのだそうよ。やはり、絵師のお家のお嬢さまらしいわ。世の中、そういうものなのよ。わたしもいくら嫌だと言ったところで、薬問屋の女将（おかみ）さんになるのが定め。

でもあんちゃんは違う。あんちゃんは、自分が好いた方と一緒になりなさいね」

百足屋からの帰り道、やすはおくまさんの団子屋に寄った。

いつものように繁盛していて、通りに出された長床几はお客で埋まっている。おくまさんと目が合うと、そこに座って待ってなさい、と店の中に置かれた酒樽を指差してくれたけれど、他人が目まぐるしく働いているのを見ながら座っているのはかえって苦痛だったので、団子や茶を運ぶ役目を買って出た。

四半刻ほどで客が減り、おくまさんも一休み出来た。

「ありがとね、おやすちゃん。助かったわ」

「大繁盛ですね」

「寒い日は、甘酒がよく売れるのよ。おやすちゃんも飲んで行きなさい。うちのは酒粕でなくて麴で作るのよ。甘いよ」

「へえ、でもそろそろ戻りませんと。これ、政さんから預かって来ました」

やすは風呂敷包みをおくまさんに手渡した。

「ああ、どうもご苦労様。先月、本家で法事があったのよ。政さんとも寺で会ったんだけど、着ていた紋付がほつれてたてね、繕ってあげるから持ってらっしゃいと言ってあったの」

そう言えば、政さんが法事だからと半休をとったことがあった。あの時はやすが朝餉の支度の差配を任され、緊張しながら大役を果たした。

「政さんもいつまでも独りもんやってないで、後添えをもらえばいいんだよ。親戚もみんな心配してるんだけど、本人がまったくその気がないんだから」

「奥さん、ご病気か何かで……？」

「お産で亡くなったのよ、気の毒に。ややこも助からなかった。当時はまだ江戸の料理屋で働いていたんだけど、たいそう腕が立つと評判でね、政さんのいた月花亭が江戸の料理屋番付で大関になれたのは、政さんのおかげだってみんな言ってた。けど、奥さんが亡くなって生きる気力がなくなっちゃったんだろうねえ、包丁を持たなくなって、蓄えを食い潰しながらぶらぶらしていたのさ。それを紅屋の大旦那様が口説いて品川に連れて来た。大旦那様は月花亭の料理がお気に入りで、政さんの腕を高く買っていたんだね。でも本当に良かったよ。品川の海風がいい薬になったのか、あんなに元気になって。その上、あんたっていう、可愛いお弟子さんも出来たし。政さん、しみじみ言っていたよ。おやすに俺の頭ん中にあるものをみんな教えてやりてえんだ、って。あれほどの才のあるもんは滅多にいねえ、たとえ女でも、おやすなら一人前の料理人になれる、って」

やすは嬉しかったけれど、下を向いて喜びを嚙み殺した。褒め言葉は心の栄養になるけれど、そのまま呑み込んでは慢心のもと、毒にもなる。

「あら、おあつさん！」

おくまさんの声に顔を上げると、たおやかな薄紫色の着物を着て御高祖頭巾を被ったおあつさんが立っていた。

「お寒うございますねえ。お団子になさいます、それとも甘酒を召し上がりますか」

「では、甘酒をいただきます」

やすは頭を下げて店を出ようとした。が、おあつさんがやすの袖をつかんだ。

「おやすさん、もう少しいてくださいな。あなたとお話がしたいわ」

「で、でも、そろそろ帰らないと夕餉の支度が」

「あら、そうなの。残念だわ」

「おやすちゃんはこう見えて、紅屋のお勝手には欠かせない子なんですよ」

おくまさんが言った。

「おやすちゃんがいないと、紅屋は大変なんです」

「そう、それでは無理は言えませんねえ」

おあつさんが品よく微笑んだ。

「それではこうしましょう。紅屋さんまで、一緒に歩いてもよろしいかしら。おくまさん、帰りにまた寄りますから、甘酒はその時で」

「へえ、それはようございますけど、おあつさん、紅屋に何かご用でも？」

「特に用事はないけれど、最近とても評判が良いようなので、どんな旅籠か見てみたいのです」

なんて物好きな人なんだろう。やすはおかしくなって笑いを堪えた。泊まるつもりもないのに、旅籠を見物したいなんて。

そんなわけでやすは、おあつさんと並んで大通りを歩くことになった。いつものように、白髪をきっちりと結った婆(ばあ)やさんが、おあつさんの後ろをついて来た。

「おやすさん、元気にしていましたか」

「へい。わたしはからだだけは丈夫です」

「そう。わたくしは少しからだを悪くしてしまって、江戸のお屋敷で寝ていたんです」

「大丈夫でございますか！　今日も外は冷えております、こうして歩かれていたのではおからだに障りませんか」

「ありがとう、でも大丈夫です。ただの風邪でした。それと、少し気が塞いでしまって。前に話したように、わたくしはもうじき嫁ぐことになっているんです。実はね、嫁ぎ先のお家が由緒正しい名家なのです。でもわたくしは武家の出とは言っても、父の身分はさほど高くありません。それで体裁を整える為に、養女になり、養父の江戸屋敷で暮らしているのです」

「はあ」

そうしたことがある、ということは知っていたが、いずれにしてもやすの生活には縁のない話だった。

「けれど地震のせいで婚礼が延期になってしまって。養父の屋敷では、お行儀や先方の家のしきたりなどを、先生について習っています。でも、わたくしはあまり良い生徒ではないのです。地震で婚礼が延期になった時に、もういっそのこと破談となって故郷に帰れたらいいのに、と思ってしまって。一度そうしたことを考えて里心がついてしまうと、駄目なものですね。田舎に帰りたいとそればかり、くよくよと考えるようになってしまいました。そんな折に、少し熱が出てしまって。病は気から、という言葉がありますね。本当に、気が弱ると治る病も治らないものです。軽い風邪だろうと思っていたのに、いつまでもぐずぐずと長引いてしまって。心も弱っている上にからだまで弱ってしまって、ああいっそのこと、このまま死んでしまった方が楽かしらとも」

「おひいさま！　そうしたことを口にしてはなりませぬ」

婆やさんの厳しい声が飛んだ。

「言葉には言霊がございます。そうしたことを迂闊に口にすれば、悪いものに取り憑かれます」

「そうね、菊野。ごめんなさい」

「婚礼が延期と言っても、たかだか一年かそこらのことでございます。来年には必ず、お輿入れがかないます」

「その前にもう一度だけ、薩摩の海が見たいわ」

おあつさんも薩摩の方だったのか。その時はじめて、やすは知った。

「お里帰りされることはできないのですか」

「……多分、無理でしょうね」

おあつさんは、悲しげに微笑んだ。

「それでなくても薩摩はとても遠いところです。帰るとなれば路銀もたくさん必要になります。自分の足で歩いて帰ればいいのですが、そんなことは養父上様がゆるしてくださいません。それに、わたくしが薩摩に帰ったと嫁ぎ先の家に知れたら、嫁ぐ気がなくなったのではないかと勘ぐられます。今度の婚礼は……養父上様と嫁ぎ先のお家の双方にとって、とても大切な縁組なのです。わたくしのわがままはゆるされません。わたくしはね、薩摩を出る時に、海にお別れを告げて参りました。おそらく……もう二度と、あの海を見ることはかなわないでしょうね」

やすはなんとかしておあつさんを元気づけたいと思った。それで、あまり深く考えずに口にしてしまった。

「そう言えば先日、薩摩のお侍さまと会いました。江戸詰めの方だそうです。百足屋のお嬢さまと一緒の時に通りかかって」

「あら。なんとおっしゃる方？」

「へい、進之介さまとおっしゃいました」

「進之介？」

おあつさんは怪訝(けげん)な顔になった。

「そんな名前の薩摩藩士が、藩の江戸屋敷にいたかしら」

「おあつさんは、薩摩藩の江戸屋敷にお住まいなのですか」

「え？　い、いいえ、別の屋敷ですよ、もちろん。でも養父上様が藩の江戸屋敷にはよく出入りされているので、藩士のお顔はなんとなく」

「遠藤進之介さま、とおっしゃるそうです。歳の頃は、おあつさんよりも少し上のようにお見受けしました」

「遠藤？　その者は、よく品川に来るのかしら」

「へえ、お嬢さまのお話では、薩摩と江戸を何度も往復されているとか」

「正之進のことですよ、おひいさま」

婆やさんが小声で言った。

「進之介と名乗ることもある、と聞いております」

「ああ」

おあつさんは納得したようにうなずいた。

「正之進のことですか。そうですか。……あれは良い若者ですね」

「へえ。お嬢さまが南蛮渡りの猫を助けられて、進之介さまもそれを手伝ってくださったんです」

「猫？」

おあつさんの顔が、ぱっと輝いた。

「南蛮渡りの猫がいるのですか！　どこにいるのですか！」

「おひいさま、猫ならばお屋敷にもおりますよ」

「だって菊野、南蛮渡りの猫など見たことがないわ。おやすさん、その猫はどこに？」

「百足屋のお嬢さまがお部屋で飼われておいでです。ひどい怪我をして弱っていたのですが、お嬢さまが介抱なすって、すっかり元気になりました」

「見たいわ！」

　おあつさんは、子供のように言った。

「わたくし、猫が大好きなの。養父上様にお願いして、薩摩で飼っていたのと似た唐(から)猫(ねこ)を屋敷においていただいたの。南蛮渡りの猫、見たい！　おやすさん、百足屋のお嬢さまにお願いしていただけないかしら」

「……へい、お小夜さまでしたらきっと、ご承知くださると思いますが……けど、わたしが百足屋さんに行くのは、おつかいを頼まれた時だけなんです。おあつさんは百足屋さんと何かご縁はございませんか。わたしなんぞを介するよりも、直接百足屋さんにお使いでも出されるか、お小夜さまに文(ふみ)でもつかわされるかなさった方が」

「菊野、江戸に戻りましょう」

　そう言うと、おあつさんはやすに向かって丁寧にお辞儀をした。

「ごめんなさい、紅屋さんを見物させていただくのは、またにいたします。明るいうちに江戸に戻って、正之進、いえ、進之介にお願いをしなくては。百足屋さんの猫を見せていただけるよう、進之介から頼んでもらいましょう」

「へ、へい」

「本当にごめんなさいね。紅屋までご一緒しますと言っておきながら。お一人で大丈夫？」

「い、いいえ、まだ日はありますし、通い慣れた道ですからなんでもないです」

「ではここで。またぜひお会いしましょうね」

「へい」

おあつさんは、にこやかにまた一礼すると、駆け出すような勢いで大通りを高輪の方へと歩き去った。その後を菊野さんが、意外なほどの足さばきでついて行く。菊野さんは、ただの婆やさんではないようだ。武術のたしなみがある方ではないかしら、とやすは思った。

それにしても、おかしな方だ。おあつさん。

薩摩からわざわざ江戸まで来られて、養女になって出自を整えてまで、いったいどんなすごい名家に嫁がれるのだろう。それにしては、お団子の作り方をおくまさんに教わったり、南蛮渡りの猫が見たいとあんなにはしゃがれたりと、それほどの名家の奥方様になるという雰囲気ではない。

それと、進之介さま。どうやらご本名は、まさのしん、とおっしゃるようだ。薩摩と江戸を何度も往復するとは、いったいどのようなお役目を担っていらっしゃるのか。それに名前だけではなく、お国言葉もお出しにならなかった。まるで薩摩藩の者だということを知られたくないかのように。

やすは早足になりながら、なんにしても自分とは関係のないことだ、と思い直した。

師走(しわす)も半ばである。
いつもの時刻に目が覚めても、外はまだ真っ暗で、蠟燭(ろうそく)を灯(とも)さないと足元が見えない。
雨のない、からからと乾いた日が続き、江戸では大きな火事もあったようだ。けれどようやく今朝は、みぞれ混じりの雨がぽたぽたと落ちていた。頬が切れるかと思うほど、風が冷たい。
安政(あんせい)二年は大変な年であった。江戸の大地震で家も家族も失った人々も多い。品川の喧騒(けんそう)はそう変わっていないけれど、どこか品川全体に落ち着きのない、得体の知れない雰囲気がある。嘉永六年に黒船が来航して以来、品川にはお台場が置かれ、恐ろしげな大砲が海を向いている。

薩摩のお侍さんの姿が増え、大通りに薩摩言葉が響くのを耳にすることも多くなった。薩摩藩主の島津様はたいそう変わったお方らしいが、どんな風に変わっているのかはよくわからない。けれど、紅屋のお客にも島津びいきの方がたまにいらっして、島津斉彬様は傑物だと吹聴していらした。やすにとっては、薩摩はあまりにも遠くてまるで想像すら出来ないほどだ。自分が、おあつさまが懐かしんでいた薩摩の海の青さをこの目で見ることなど、おそらく金輪際ないだろう。

だが紅屋も、薩摩藩とまったく無関係というわけにはいかなかった。進之介さまが紅屋に泊まられるようになったのだ。

半月ぶりで現れた進之介さまは、長旅の疲れか面やつれしていらした。やすとちよが井戸で芋を洗っていると、いつの間にか背中に立って、面白そうに二人の手元を眺めていた。

「あれ、進之介さま」

気づいたやすが立ち上がると、進之介さまが逆にしゃがみ込んだ。

「わたしにも出来るかな。やってみてもいいですか」

「そんな、だめでございますよ。お武家様が芋を洗うなどとは」

「薩摩では、お城づとめの者でも田畑を耕します。こちらでも八王子村などには、半士半農の千人同心の方々がいらっしゃる。武士といえども、芋を洗うくらいのことはいたしましょう」

「でも」

「おう、これは冷たい。こんなに冷たい水で洗っていたのですね。おやすさん、これでは手があかぎれだらけになりましょう」

「へえ。けど慣れております。あかぎれには寝る前に馬の油を少し塗ると良くなります」

「馬の油ですか。なかなか手に入らないのではないですか」

「大旦那様が手に入れて、女衆に分けてくださいます」

「紅屋さんは本当にいい宿だ。主人が奉公人を大切にする店は、どんな商売でも繁盛しますね。でもこれ、少し湯を足して洗ってはいけないんでしょうかね」

「へえ、湯にあたると芋の味が変わってしまうんです。青菜はしおれてしまいます。野菜は水でないとだめなんです。けど、皿や茶碗は、ここにいるおちよが湯を足して洗えばいいのではと考えついてやってみたところ、湯の方が汚れがよく落ちました。

乾いてこびりついてしまった煮魚の汁や、ねっとりとした水飴なども、湯で洗うとするすると落ちます。おちよはたいしたもんだ、とみんな感心いたしました」

褒められてちよは照れたように笑った。

「手ぇが冷たいのが嫌だったんで、湯を少し足したらあったけえから楽ができると思っただけですよぉ」

「なるほど。手も冷たくない上に汚れもよく落ちる。なんでも工夫してみるものですね」

「へえ。でも手が冷たいから湯を使いたいなどと言えば、他のところでなら怠け者だとどやされたかも知れません。湯を沸かすには余計に薪もいります。女衆の手を温める為に薪代を出してくれるお店など、そうはございません。うちの台所は政さんが仕切っているので、おちよの考えもはなからだめだと言わずに、ならちょっと湯を足して洗ってみな、と言ってもらえたんですよ」

「なんだか耳が痛いな。我々のお役目でも、若造の意見はなかなか上の方々に聞いていただけない。もしかすると若造の考えの中にも、役に立つ何かはあるかも知れないのに」

「進之介さまのお役目は、薩摩と江戸を行き来することでございますね。今度も薩摩からのお戻りですか」

「いやいや」

進之介さまは笑って手を振った。

「薩摩まで行ったのであれば、こんなに早くは戻れません」

「薩摩はそれほど遠いのですか」

「遠いですよ。とても遠い。大坂あたりから船で行くことも出来ますが、それでも遠い。今度の旅はもっと近いところ、桑名まで行って来たのです」

「桑名」

「はまぐりで名高い、海の近くです」

「進之介さまは、いろいろなところに行かれるのですね」

「それが仕事ですから。けれどそれも、年が明けたら少し休みになりそうです。来年はいよいよ、公方様が御正室をお迎えになられ……」

あ、という顔で進之介は口を噤んだ。やすはあえて聞き返さなかった。政にかかわることには、見ざる聞かざる、そして言わざる。

「そうそう、あの猫はどうなりましたか。おあつさんは猫を見ることが出来たのかしら」

「この頃、百足屋さんには行っていないのですか」

「へえ、師走は何かと忙しくて」

「では、お小夜さんがご縁談のお相手とお顔合わせされたことは」

「噂では聞いていています」

けれど、お小夜さまは文をくださらない。言付けもない。お小夜さまが自分からお話しになりたいと思うまでは、わざわざ訪ねてあれこれと詮索することはなしにしよう、とやすは思って我慢していた。

「わたしも昨日、こちらに着く前に百足屋さんに寄って、ご挨拶だけして来たのですが、お話がまとまりそうだと、百足屋のご主人は安堵しておられましたよ。それであの猫は、菊野さんがお引き取りになったと。相手が薬問屋では、やはり生き物は良くないとのことで。本当はおあつさまがご自分で飼いたいとおっしゃったようですが、あのお方にもご縁談がありますから」

「では、あの猫は江戸に？」

進之介さまはうなずいてから笑った。

「菊野さんは、おあつさまのご養父の屋敷に、ご自分のお部屋をお持ちなのです。けれど猫が来てからは、おあつさまが始終菊野さんのお部屋に入り浸りだそうで」

「菊野さんは、お嫁入りされるおあつさんに付いて行かれるのでしょうね」

「いや、それはおそらく無理でしょう。お相手の家が承知されないと思います。おあつさまが嫁がれたら、菊野さんはお屋敷を下がられることになると思います。もう楽隠居されてもよろしいお歳ですから」

「でもそれでは、おあつさんはお寂しいですね」

「あのお方はとても心の強いお方ですよ。ですからきっと大丈夫です。それよりも、隠居される菊野さんの方が、寂しくてたまらないと思います。なのであの猫が菊野さんと暮らしてくれるのは良いことですよ。おやすさん、忙しいとは思いますが、お小夜さんのところに顔を出してあげてくれませんか。昨日もお小夜さんはとてもご機嫌が悪くて、島田宿でお土産に買ったかんざしも受け取っていただけなかったんです。かんざしなど、島田のような田舎に良い物があるわけがありません、とおっしゃって。しかし島田宿はとても大きな宿場でして、品川ほどではないにしても、人の行き来も多く旅籠もたくさんあって、土産物屋にもなかなか良い品が置いてあったのですよ。まあご機嫌が直ったら渡してくださいと、百足屋の女中さんに預けて来ましたが」

「お小夜さまは、お医者さまのところへお嫁入りしたかったのです」

「おや、それはまたどうして」

お小夜さまが蘭方医になりたいと夢見ていることは、迂闊に口にしていいことではなかった。やすは、さあ、と首を傾げて誤魔化した。

進之介さまは、よいしょ、と腰を上げた。

「ああ、腹が減った。今夜の夕餉はどんなご馳走が出るのか、楽しみです」

「献立をお持ちしましょうか」

「いやいや、それでは驚きがなくなります。夕餉の膳が運ばれて来るまで、楽しみに待ちましょう。では。おちよさんも、またね」

「へーい」

ちよは少し、とろん、とした目つきで返事をした。

「どうしたの、そんな眠そうな顔して」

「眠いんじゃないですよ。進之介さまにぽーっとなっているんです」

「あらまあ」

ちよは頬を桃色に染めていた。普段は幼稚な喋り方で子供のようなのに、こういうところはわたしより大人びている、とやすは思った。ちよという子は、ほんとにつかみどころがない。はかり知れない。

「姿のいいお侍さんですねぇ」

「そうね」

「薩摩のお侍さんは田舎臭くて、声も大きいし遊び方も粋じゃないって品川では悪口言われてますけど」

「そうなの？」

「へえ、みんな言ってますよ。でも長く江戸詰めされている方は、やっぱり違いますねぇ。あああ、あたいも旅籠の女中奉公じゃなくって、芸者にでもなった方が良かったなあ。あたいたちのような町人の貧乏人は、お侍さんのお嫁になるなんてこと、まず出来ないでしょ、でも芸者なら、お侍さんのお妾にはなれますよ」

「お妾さんになりたいの？」

「だって楽そうじゃないですか。なんにもしなくても、いい着物着て遊んで暮らせて。しかも奥方様が病気か何かで早死にすれば、後釜に収まれるかも」

「なんにもしないでただ生きていたら、とてもつまらないと思うけど」

「ただ生きてるんじゃなくて、いい着物を着て遊んで暮らすんですよ。芝居見物なんかして。あたいは楽がしたいです。ほんとは女中奉公なんて嫌だったんです。どこかお金のある人のとこに早く嫁いでしまいたかった」

「でもおちよちゃんは、旅籠の女将さんになる身だもの、お嫁にいくのではなくてお婿さんをもらうのでしょう」

「それが腹たつんです。こっちが頼んだわけでもないのに、旅籠の一人娘に生まれたってだけで、どうしていろんなことが決まっちゃってるのか。せっかく生まれて来たのに、自分がなりたいものになれないのって、おかしくないですか？」

まるでお小夜さまのようだ。やすは、あらためてちよの顔をまじまじと見た。

二人の言っていることは、もしかすると正しいのかも知れない。生まれる前から人生の行く末が決まっているのなら、生まれる前から、運不運も決まっていることになる。苦労のない楽しい人生をおくれる境遇に生まれた者と、そうでない者。そうでない者たちは、ただ諦めて死ぬのを待つしかないのだろうか。いつか御仏に救われることだけを願って、苦しさに耐え続ける他にないのだろうか。

でも。

お小夜さまとおちよちゃん。この二人にはわかっていないことがある。それは、未来が何も決まっていないことの不安、おそろしさだ。お小夜さまもおちよちゃんも、決められた人生を歩む分には、おそらく生涯飢えることがない。雨の漏るあばら家で、藁を敷いただけの寝床に手足を抱えて丸くなり、寒さに耐えることもないだろう。父が博打で作った借金に追われ、米粒一つ、芋一つないひもじい日々、道端に落ちていた腐りかけの魚の頭を拾って焼いて、弟と二人で齧った、あんな思いをすることもない。薬問屋の奥様だの、西伊豆の旅籠の女将だの、そんな将来が約束されていることの幸せが、二人にはわからない。

八　島津様の味

「今日は面白い料理を作るぞ」

政さんが、背負い籠から魚を摑み出した。紅屋で使う魚は、品川沖で獲れたものを魚竹が毎日届けてくれるが、時々は政さんが自分で湊に出向いて、漁師から直で仕入れることもある。

「黒曹以だ」

「くろそい」

「見た目はあまり良くねえが、品のいい白身の魚でなかなか美味い。冬になるとやたらと食って太るから旨味が増す。普通は煮付けにするんだが、今日はこいつで、島津様の料理を作ろうと思ってな」

政さんが笑った。

「なんだかこの頃、品川には薩摩のお侍が増えたみてえで、薩摩言葉が耳につくだろ。それで思い出したんだ。島津様ご考案の料理があるってことを」

「島津様……薩摩藩主様ですね？」

「島津斉彬様、薩摩藩主で、変わり者とか暴君だと悪口も聞くが、薩摩のお人に聞けば口を揃えて名君だと言う。なかなかに骨のあるご立派な藩主様らしい。しかも薩摩の民が潤うように色々と工夫されている。この料理も、元々は琉球の料理だったらしいんだが、斉彬様が薩摩で広められ、地元の名物になさったそうだ。それが薩摩から諸国に広まって、今は江戸でも人気だよ。薩摩のつけ揚げ、薩摩揚げ、と呼ばれてる」

「薩摩のつけ揚げ」

「魚を叩いて叩いて細かくして、葛か芋の澱粉を足して、団子のように丸めて、それを平べったくして油で揚げる。そのまま生姜醤油で食べても美味いし、煮物に入れれば煮汁をよく含み、油が煮汁に溶けてこくが出る。魚はなんでもいい。鰯を使えば黒くなって味が強くなり、焼いて食うと焼酎によく合うんだそうだ。紅屋では焼酎は出さねえがな。今日はそれをこの黒曹以で作ってみようと思ってな。品のいい、あっさりとしたつけ揚げになる。けどそれだけじゃ面白くねえから、こいつも入れてみようと思う」

政さんが台の上に置いたのは、蓮根だった。

「こいつはすりおろすと粘りが出る。それをつなぎに使えば、澱粉が少なくてもまとまるから、できあがりに澱粉の臭いが残らない。つなぎだけでなく、刻んだのも魚と一緒にまとめれば、食った時にシャリッとした歯ごたえが楽しめる。島津様の味にひと工夫させていただいて、品川の味に仕立てるんだ」

やすは、てきぱきと黒曹以の下ごしらえを進めた。

「細かく叩かねえとぼそぼそするが、指でいじり回すと身の張りがなくなるぞ。触らねえように、刃だけで叩け。最後にすり鉢であたるんだ。その時、塩を振る。塩が強すぎたら下品な味になるが、塩が弱いと粘りが出ない。塩梅肝心、慎重にな」

「へい」

やすは必死だった。この頃、政さんはそばで見ているだけで、やすがほとんどの作業をこなしている。

「隠し味に、味醂はひとったらしだ。入れ過ぎたら魚の風味が壊れる。小指にとって舐めてみろ。ふんわりと、遠くに潮騒が聞こえるような海の味なら上出来だ」

「へい」

「蓮根はどのくらいに刻めばいいか、口に入れた時に舌が感じることを頭ん中で思い描け。大き過ぎたら舌に触って、これはなんだと訝しく思う。料理の邪魔だ。細か過ぎたら入れる意味がない。魚を味わっているその舌先が、あ、と何かを感じる程度にとどめるんだ」

やつぎばやの政さんの指図に、息つく暇もなく応える。政さんの口癖は、考えろ、感じろ、思い描け。料理とは、味を思い描き、その思い描いた味に近づくように、最小限、足したりひいたりすることだ。

いじりまわさない。もたもたしない。食材は、触るほど傷む。時が経つほどしなびてしまう。

「揚げ油は、今日の素材なら菜種だけだ。胡麻は入れなくていい。天ぷらの時よりほんの少し熱くして、菜箸で転がしながら満遍なく色をつける。泡が細かくなったらひき揚げる。自信がないなら食べてみろ。自分の舌で確かめろ」

「できました」

紙にとって油を切った。

政さんが、箸でさつま揚げを二つに割る。断面をじっと睨む。それから片方を口に入れた。とても熱いはずなのに、表情も変えない。

政さんが天井を向いた。目を閉じている。この瞬間がいつも怖い。政さんの全身が、味を捉(とら)えている。すう、と、政さんが鼻で息をした。

「おまえも食ってみろ」

「へい」

やすは、箸の先が緊張で震えるのを抑えて、揚げたてのさつま揚げを口に入れた。

熱い。

思わず口を半開きにすると、口から入った風がさつま揚げの味を一気に膨らませた。

磯の香り。

潮の音。

大海原を泳ぐ、黒曹以の力強い命。

そこに不意に、大地の香りが混ざる。泥の中で育った蓮(はす)の根の、素朴だがどこか高貴な風味。

ああ。

美味(おい)しい。

すべてを油がまとめて、なんと楽しい味になっていることか。

ほふほふ、と噛むと、じわっと魚の旨味が口の中に広がった。

「どうだい」

「へい。……美味しいです」

「自分で作ったもんを食って、美味いなあ、と思うのはいい気分だろう」

「へい。とてもいい気持ちです」

「これが料理人の、一つ目の幸せだ」

「一つ目の、幸せ」

「そうだ。まずは自分が美味いと思うもんを作るんだ。自分が心から美味いと思うもののしか、他人の口に入れちゃだめだ。そのあとで初めて、よそ様にその料理を出して、美味いと言ってもらえる。それが二つ目の幸せだ。その為にはもうひと工夫する。生姜をすって、醬油に添えて出す。そのままでも美味いが、生姜醬油を添えれば、また違った味も楽しめる。見た目も肝心だ。平べったいもんをそのまま皿に載せたんじゃ、皿にくっついた部分に油が戻って重くなる。二つをそっと、互いにもたれかかるようにして皿に置く。出来るだけ立てて、油が戻りにくくするんだ。そしてこの揚げた色がひき立つように、色のきれいなものも一緒に盛り付ける。そうさな、銀杏でもさっと揚げて添えようか。そこまでやって、ようやく、他人様に食べていただく料理になる」

ふう、と息を吐いたやすに、追い打ちをかけるようにして政さんが言った。

「それを客の数だけ出さないとならないんだ。今夜は泊まり五組、三人様、お二人様二組、お一人様二部屋で計九人だ。そして料理は一品じゃない。他に野菜の煮物、しらすの入った玉子焼き、若布の味噌汁だ。飯はおかかを混ぜ込んで握り飯にして、醬油を塗って焼く」

「へい」

「今夜はそれを、おやす、おまえが全部仕たくしろ」

「へ……えっ」

やすはびっくりした。

「あ、あの」

「もちろん一人では無理だ。だからおまえさんが指図して作らせる。おさきもおまきも、おまえさんの指図で動く。焼き方の平蔵もだ」

平蔵さんはこの秋から台所に入った。夏までは神奈川宿のすずめ屋で台所に立っていた料理人で、すずめ屋は大旦那様のまたいとこにあたる方がやっている旅籠だった。やすは初め、そのすずめ屋に売られたのだ。

　平蔵さんはもう独り立ちもできるくらいの腕前だが、政さんに心酔していて、どうしても政さんの下で働きたいと紅屋に移った。

「そんな、そんなの無理です」

「無理でもやるんだ。おさきもおまきもちゃんと承知してる」

「けど平蔵さんは」

「平蔵もちゃんと承知してるから心配いらねえ。今日はおやすに全部任せてみたらというのは、平蔵が言い出したことだよ。俺は正直、いくら何でもまだ早えんじゃねえかと言ったんだが、どうせいずれはやらせるつもりなら、部屋が満室でねえ今夜から始めてみてはと言われてな。平蔵はおまえさんのことを認めてる。どのみち平蔵は独り立ちしてどこかに店を出す気でいる。ここの台所に骨を埋める気はねえんだ。おやすがここを切り盛りできるようになれば、自分は俺ともっと料理を究める暇が作れますからと言ってたぜ」

　やすにはまだ、夕餉の支度を指図する自信がなかった。朝餉ならばなんとかなるけれど、旅籠の夕餉は特別なものだ。

大抵の町人は、日に三度食事をする。寝る前の夕餉はほんの腹ごしらえ、飯と漬物だけで済ませてしまうのが普通だろう。おかずを食べるのは昼餉だけ、温かい飯を炊くのは朝餉だけ。が、旅人は、昼は簡単に済ませるしかない。茶屋に寄って団子で腹を満たしたり、通り過ぎる宿場町で軽くうどんをすすったり、あるいは朝に旅籠で作らせた握り飯を、道端の石に座ってほおばる、そのくらいがせいぜいなのだ。そして日に何里も歩く。五里、六里と歩けば誰でも腹が減る。日が落ちる頃に宿に辿り着いて、風呂をつかってようやく飯にありつける。ほっとしたところに出された膳は、旅人にとっての最大の楽しみなのだ。旅に出た時だけ、夕餉にご馳走をいただく。たとえ質素なものであっても、おかずの皿や小鉢がいくつか並んでいるだけで、大層な贅沢なのである。

旅をする人のお腹だけではなく、心も満たす。それが、料理自慢の旅籠の夕餉なのだ。

「おやす、失敗してもいいから、とにかくやってみな。今さっきおまえさんが作ったさつま揚げは、きちんと美味かった。客に出せる味だ。たとえ他のものでしくじっても、あのさつま揚げがあるだけで、客は満足してくれるだろうよ。初めから全部うまくいくわけはない、きっと今夜、おまえさんは、ああしまった、と後悔することがあるだろう。だがそれを積み重ねて、だんだんと一人前になっていくんだ。今夜は俺は手出しをしねえ。けど平蔵が助けてくれるから、困ったら平蔵に泣きつきな。おさきやおまきを上手く使うのも大事なことだ」

「……へい」

「こら、そんな泣きそうな顔しててどうする。魚が腐っちまうぞ。顔を洗って来い。たすきをしっかり締めて、性根を入れてやるんだぜ」

その夜は、一生忘れられない夜になった。

すべての料理を出し終えて、下げられて来た皿が綺麗に食べ尽くされているのを見た時には、涙が滲んで前が見えなくなった。

それでも後悔はたくさんあった。さつま揚げは概ねうまく出来たが、中にはほんの少し揚げる時間が長くなって、揚げ色が揃わないものもあった。味噌汁がいつもよりわずかに塩辛かった。玉子焼きは平蔵さんが作ってくれたが、しらすの量を自分で管理していなかったので、思っていたよりもしらすが少ない玉子焼きになっていた。しかも、賄い用に残しておくつもりでいた、少し煮崩れた里芋を、ちゃんとのけるよう指示するのが遅れて、何人かのお客さんの膳にはそれも盛り付けられてしまった。情けなくて泣きたかったけれど、夕餉を任されているからには、めそめそしてはみっともない。

すべての膳が下がって来たあとで、やすはへなへなと土間に座り込んでしまった。政さんは、これを毎日やっているのだ。料理人の頭になるということは、そういうことなのだ。

「お疲れさん」

裏庭に置いた空樽に座って月を眺めていると、平蔵さんが帰り支度をして通りすぎた。

「おやすちゃん、今日はよく頑張ったな」

「いろいろすみませんでした」

「いや、初めてでこれだけできれば、大したもんだ。あんたがすずめ屋の台所に連れて来られた時のことは、今でもよく覚えているよ。痩せっぽちで色も黒くて、女の子なのに気の毒な、なんて思ったもんだ」

平蔵さんは大声で笑った。

「だけど、ここに来てあんたを見て驚いた。随分と綺麗な娘さんになったな、ってな。だがそれよりもっと驚いたのは、あんたが政一さんのいちばん弟子になってたことだ。その歳でしかも女で、あれだけの仕事ができるとは。あんたを拾って連れ帰った、紅屋の大旦那様の眼力は確かだったな」

「まだまだです。今日は自分の力の無さを思い知りました」

「あんた、本気で料理人になるつもりなのかい」

「……料理人と呼ばれなくても、一生、料理にかかわって生きていけたらと思っています」

「まあな、女では、名の知れた料理屋で料理人として働くのは難しいだろうな。けどこうやって旅籠の料理人ならできるんだし、自分の店を持つことを考えてもいいじゃねえか。一膳飯屋でも煮売屋でも」

「平蔵さんも、いつか独り立ちされるんですよね」

「店を出す金が貯まったらな。けどその前に、政一さんの料理は身につけたい。おまえさんは本当に運がいいよ。政一さんは、江戸の料理人と並べても十本の指には入ると俺は思っている。本人は謙遜するが、あの人の料理は心を動かすんだ。魚を食べれば潮の香りが胸に満ちるし、野菜を食べれば土の匂いに包まれる。食べて美味しいだけでなく、心が躍るんだ。江戸の料理屋で小判を積んだって、そういう気持ちにさせてくれる料理にはなかなか出会えない。おやすちゃん、あんた、政一さんにしがみついてでも、あの人の弟子をやめたらいけないよ」

「へい！」

やすは大きな声で返事をした。

もちろん、けっして政さんからは離れない。

「なんだおやす。賄いは食べたのかい」

平蔵さんと入れ違いに、政さんが裏庭に顔を出した。

「いただきました」

「今夜は疲れただろう。皿洗いは俺とおちよでやっとくから、あがって早寝していいぞ」

「いいえ、こんな月の綺麗な夜には、井戸で器を洗うのも楽しいもんです。おちよちゃんのおかげで、器洗いにお湯が使えるようになりましたし」

「今日はたくさん勉強したな」

「へい。勉強させていただきました」

「味噌汁が塩辛かったのはなんでだかわかるか」

「……若布の塩出しがきちんと出来ていなかったんだと思います」

「おまきは野菜を扱わせたら俺より上手だ。なのに若布の塩出しにしくじったのはなんでだろうな。それがわかるかい」

　やすは首を横に振った。

「おまえさんのせいだよ。おまえさんが、年上のおまきに遠慮して、塩出しが完璧に出来ているかどうか味見を怠った」

「……へい」

「おまきだって時には、塩出しの加減が悪いこともある。軽く風邪でもひいてたら、塩加減をみても味がきちんと摑めねえこともあろうさ。だから頭が必要なんだ。頭となったら、すべての食材に最後まで責任を持たないとならねえ。たとえ自分より年上だったり先輩だったりする料理人のしたことでも、必ず自分の舌と鼻と目で確かめて、だめならやり直させる、それが頭だ。頭はけっして、遠慮してはならねえよ。どんな時でも誰に対しても、言うべきことは言う。させるべきことはさせる。そうしてすべての責任を引き受ける。それが頭なんだ」

　政さんは、やすの頭をがしがしと撫でた。

「また明日っから、おまえさんは今までのように俺や平蔵の下で働く。まだ当分は、頭をおやすに任せるわけには行かねえな」

「へい。すんません」

「謝るこたねえよ。もともと、今日はおやすの勉強の為にさせたこった。いよいよだめなら平蔵が全部やっちまうつもりでいたんだが、どうしてなかなか、平蔵の出番はほとんどなかったんだから、まあ大したもんだ。けどな、まだおやすには、人の上に立つ心の準備が出来てねえ。年上だろうとなんだろうと、少しでも美味いもんを客に出す為だったら、躊躇なく叱り飛ばせる覚悟がねえと、頭は務まらねえ。それを身に染みてわかっただけでも、明日っからのおまえさんの働きには違いが出るはずだ。それでいい。一歩ずつ、だな」

「へい」

「またある日突然、おやすに夕餉は全部任せると俺が言い出すことがあるだろう。そん時は、今日よりも上手くできるはずだ。そうやって少しずつ覚えていけばいい。それにしても、今宵の月は見事だなあ。満月か」

「少し欠けております」

「冬は星も月も、夏より綺麗に見えるな。なんでだろうな」

「政さん、世間では薩摩のお侍さまの悪口も言われているようですが、さつまのつけ揚げを食べてみて、島津斉彬さまは大したお方だと思いました」

「そうかい。どうしてそう思った」

「魚を叩いてすって油で揚げる。琉球の料理を薩摩流にしたものなのですよね」

「そう聞いているがな」

「簡単な料理なのに、魚の美味しさが充分に味わえます。そして、あれならば大抵の魚で作ることができます。水揚げされたけれど、小さくて売り物にならない魚や、下魚(げざかな)でも美味しく作れると思います。薩摩というお国は海に面しているのですよね。魚が豊富に獲れる国で、いろいろな魚を無駄にせず、しかも簡単で美味しく食べられる料理を考える、それはとてもすごいことだと思うんです」

「そうだなあ……確かに、すごいことだ」

「料理人でもないお殿様が、お国の民の為に料理を考える。それはなんと言うか……お殿様のお心が、やわらかで新しい。そう感じました。そんな島津様が治めておられる薩摩という国は、もしかすると、なかなかにすごい国なのかとも思います」

「おやおや、おやすは薩摩びいきになっちまったか」

「いいえ、そんな。やすには政(まつりごと)のことはわかりませんし、どこのお侍さまだから好きとか嫌いとかも、考えたことはありません」

「そうだな、そうしたことは、あまり考えないでいる方がいいのかも知れん。だが政（まつりごと）ってのは、まわりまわっていつかは、俺たち貧乏人の身にも降りかかって来るもんだとも思う。この先この品川がどうなるかはわからねえが、料理をすることだけは、いつまでもできる世の中であってもらいてえなあ」

「へえ。いつまでも、料理をして生きていたいです」

雲が流れて月を覆い、足元が暗くなった。

「器を洗うんなら、蠟燭を灯してやんな。俺も手伝おう。どうせ長屋に戻っても、ひとりもんは寝るだけだ。皿洗いでも若い娘っ子とできるんなら、お楽しみってもんだ」

政さんはそう言って、あはは、と笑った。

九　家出

いつものように忙しい一日だった。ようやく夕餉の御膳が運ばれて行き、次は賄いの用意になる。野菜の皮や切り落とした葉のつけ根など、食べられるところを丹念に集めて汁に入れる。使い残しの魚は煮魚に。奉公人の食事づくりは料理人の大事な修業だった。女中が休む小部屋に並べられた箱膳の上に、作った料理を並べていると、おまきさんが現れた。

「あら、おやす、勘平を見なかったかい」

「いいえ、見てませんけど」

「あらら、あの子ったらどこ行っちゃったんだろ。薪が足りないから割っといておくれって言いつけて、いつまで経っても終わりましたって言いに来ないんで、またどっかで昼寝でもしてるんじゃないかと思ったんだけどね、薪はちゃんと割って、束ねてあったんだよ、裏庭に」

「なのに、終わりましたと言いに来なかったんですか」

「そうなんだよ。いつもだったら何か一つ仕事が終わると、やたらと胸張ってさ、終わりましたー、って言いに来るのに。おかしいねえ、まあでもそろそろお腹が空いてるだろうから、夕餉を食べに現れるだろうね」

　ところが、女中の食事が終わって下働きの者たちの番になっても、勘平は姿を見せなかった。それまでは、そのうち現れるだろうとあまり心配していなかった政さんも、夕餉を食べに現れなかったことで不安になったようで、近所を探して来る、と出て行った。やすは台所を片づけて掃除を済ませたが、落ち着かなくて裏庭に出てみたり、松林の方に目をこらしたりしたけれど、やっぱり勘平の姿はなかった。あまりそうしたことは考えたくなかったが、もしやと思って井戸も覗いてみた。ずっと下の方にある暗い水面が、月の光できらきらしているだけだった。

どうしたんだろう。勘ちゃん、どこにいるの？

半刻して政さんが戻って来た頃には、番頭さんの耳にも勘平の不在の噂が届いていた。

「いったいどういうことなんだね。誰か、勘平がどこにいるのか心当たりのある者はいないのかい」

番頭さんが訊いたが、誰も答えられない。

「おやす、おまえは勘平と仲が良かったね。何かあの子に変わった様子はなかったのかい」

やすは首を横に振った。

「今日の昼までは、何も変わったところはないように思いました」

「八つ時にはいたよねえ」

　おまきさんが首を傾げる。

「今日のお八つは、あの子の好物のみたらし団子だったからね。一人二本だって言ったのに、三本目に手を出そうとしたから、ピシャッとやってやったんだよ。あらやだ、まさかそれに腹を立てて出て行ったとか」

「いくら勘平でも、団子が三本食えねえからって腹立てて奉公先を飛び出したりはしねえだろうよ」

「そりゃまあそうだけどさ」

「おやす、このところ、勘平が何か悩んでいるようなことはなかったのかい」

「いつもの愚痴しか聞いていません」

「いつもの愚痴？」

「へい、勘ちゃんはいつも、おいらには料理の才がない、おいらは料理人に向いてないんだ、って。けど、料理が嫌いなのって訊くと、嫌いじゃないって答えるんです。なので、向いてないっていうのはもう口癖みたいなものだろうと思ってました」

　番頭さんは政さんを見た。政さんは何か考え込んでいた。

「しかし困りましたね。勘平は大事な預かり者、万が一のことがあったらあの子の実家に顔向けができません。こんな時刻からで申し訳ないが、みんなで手分けして探しましょうかね」

「いや番頭さん、ちょっと待ってください」

　政さんが言った。

「おやす、おまえ、ちょっと自分の寝床を調べて来てくれないか」

「わたしの、寝床ですか」

「うん、おまえさんの布団か、行李（こうり）の中を見て来てくんな」

「あの、何を探せば」

「見つかればすぐわかる。すぐ見て来るんだ」

「へ、へい」

　やすは言われたままに屋根裏の奉公人部屋に上がり、畳んだ布団を広げてみた。何もない。行李、そう行李も。

　着替えや、細々とした物を入れてある行李を開ける。見覚えのない物はなかった。行李の蓋（ふた）を閉めようとした時、宝物の箱が目に留まった。やすにとって大切なものを入れてある、小さな箱。

　蓋を開けると、自分では入れた覚えのない、畳まれた紙があった。字の手習いに使った紙の、墨で汚れていない部分を破ったものだった。そこに、掠（かす）

れた墨の字が書かれていた。新しく墨をするのが面倒だったのか、筆に残った墨で慌てて書いた文字。

おやすちゃん　ごめんなさい
おいら　こんぺいとうのおやかたといきます
みんなにも　ごめんなさい
ほんとに　ごめんなさい

やすは呆然（ぼうぜん）としてその手紙を見つめていたが、正気に戻ると慌てて屋根裏部屋から駆け下りた。

その翌日、金平糖（こんぺいとう）職人の平助（へいすけ）さんがまだ品川にいると聞いて、番頭さんと政さんとで勘平を迎えに行ったのだが、なぜか二人は勘平を連れずに戻って来た。いったい何があったのか、勘平とどんな話をしたのか、政さんは教えてくれなかった。ただ、しばらくの間勘平は留守にする、と言っただけだった。やすは納得できなかったが、政さんを信じるしかなかった。

「それにしてもねえ」

野菜を洗いながら、おまきさんが溜め息を吐いた。

「あんたと勘平が、政さんに連れられて平助さんの仕事を見せてもらってから、あの子はずっと考えてたのかねえ、勘平ったら。無邪気でなんにも考えてないように見えてたのに、よっぽど嫌だったのかねえ、料理人になるのが。あの子はちょいと鈍なとこがあるから、ついついあたしも叱りとばしちまってさ、別にあの子が憎かったわけじゃないよ、むしろ可愛いと思ってたよ。けど、おやす、あんたがあんまり良く出来るもんだから、ついつい勘平の鈍なとこが気になっちまってさ。あの子は売られて来たわけじゃない、きちんとしたお店(たな)の出で、預かりもんだからね、なんとか早く一人前にしてやらなくちゃって、気がせいたっていうか。わかるだろう？」

「へい。勘ちゃんは皆さんに可愛がられていたと思います。勘ちゃんもそれはちゃんとわかってました」

「なのにどうして、いきなり出奔するなんて。やっぱりあたしらのせいなのかねえ。叱り方が悪かったのか」

やすには、勘平の気持ちがわからなくもなかった。金平糖職人の生き方を知った時、勘平は衝撃を受けたのだ。道具を担いで気ままに行きたいところに行き、たんまりと銭を稼ぐ。そんな人生があるのだ、ということは、やすにとってさえ驚きだった。そしてさらに、金平糖そのものが勘平を魅了したのも間違いない。砂糖水と芥子粒を鍋に転がしただけでなぜあんな、角が突き出た星のような形になるのか。その謎を解きたい、なぜなのか知りたい。勘平にとっては、それはとてつもなく心惹かれることだったのだ。きっと、なぜなのか考えていたら夜も眠れないほどだったのだろう。

それでも、勘平のしたことはゆるされることではなかった。紅屋の人々はみんな、自分たちなりに勘平のことを思って接していた。やすの目から見ても、勘平はいじめられてはいなかったし、特に辛く当たっている人もいなかった。そんな人たちの思いを、勘平は裏切ったのだ。

やすにはわからなかった。育ててくれた姉や親方を裏切ってまで、好きな人と逃げようとした千吉さん。紅屋のみんなを裏切り、実家にも迷惑をかけるとわかっていて、奉公先を飛び出してしまった勘平。

人はなぜ、そんなに身勝手になれるのだろう。

いや、身勝手になれるから、人、なのかもしれない。あの時、春太郎さんの目はそう言っていた。身勝手でわがままで、それでも自分の為に生きられるのが、人、なのではないか、と。

「まあでも、金平糖職人の平助さんは政さんの友達らしいからね、勘平がどこにいてどうしているかは、平助さんから政さんに便りが来るだろうけど」

「勘ちゃんは、もう紅屋には戻れないんでしょうか」

「どうかねえ。大旦那様がゆるせば、戻ることもできるだろうけど。でも勘平の実家がそんなみっともないこと、承知するとは思えないね。実家としては勘平の首に縄つけてでも連れ戻して、紅屋の面々に土下座して詫びさせてから引き取って、って思ってるだろうし。それからまた、どっかに奉公に出されるんだろうね。まあさ、せっかくいい家に生まれたのに、長男じゃないってだけで、厄介者みたいに扱われるのも気の毒っちゃ気の毒だよね。かと言って、その長男が早く死んだ時の為に、いつでも家督を継いで家を守る準備だけはしとかないとならないから、好き勝手に生きるってことも出来ない。お武家の家だったらもっと不自由なんだろうね」

「でも勘ちゃん、金平糖作りがあの子の本当にやりたいことだったのか……勘ちゃんは算盤が得意だし、どちらかと言えば体を動かすより頭をつかう方が好きな子だったのに」

「どんな道に進んだって、したくないことをしないといけないのが人生さ。金平糖作りが甘いもんじゃないってことは、そのうち身に染みるさ。しかも金平糖職人は江戸に向かうそうじゃないか。江戸は地震で地獄みたいになっちまって、いまだに元どおりにはなってないそうだよ。夢も希望も無くしちまった人たちに、甘い金平糖を配って元気出してもらおうってことらしいけど、きっと勘平にとっては見るのが辛いもんをたくさん見ることになる。親を亡くして物乞いするしかない子供らとか、家が潰れたんで河原で筵にくるまって寝ている人たちとか、そういった人たちが大変な思いをしてるのを目にしたら、自分の甘さに気づいて恥ずかしいと思うだろうさ」

「そうしたら、帰って来ますよね」

「まあね、大旦那様がおゆるしになるかどうかはわからないけど」

やすは仕事を終えて寝床にもぐる前に、布団を畳んだままの勘平の寝床を見て悲しくなった。

弟のように思っていた勘平が消えた。胸にぽっかりと穴が開いたような気持ちだった。

翌朝、井戸で顔を洗っているちよにおはようと挨拶をし、やすは自分も冷たい水で顔を洗った。そろそろ井戸水の表面に氷が張る。

ちよは、やすの挨拶に無言のままでうなずいた。その様子を見ていて、やすは気づいた。

「おちよちゃん」

やすは、そそくさと立ち去りかけたちよの袖をつかんだ。

「おちよちゃんは知ってたの、勘ちゃんの家出のこと」

「家出したことは、知りませんでしたよ」

「でも何か知ってる」

ちよは振り返り、ぷっと頬を膨らませた。

「あたいのせいじゃないもの」

「……何のこと？」

「だから……勘平が紅屋を出てったこと。あの子は料理人になんかなりたくなかったのよ。おやすちゃんだって、そのこと知ってたでしょうに」

「おちよちゃん、勘ちゃんに何か言ったのね」

「ええ、ええ、言いましたよ。言いましたとも。だってあの子ったら、仕事ほっぽらかして地面に絵ばっか描いてたんだもの。それもなんだか、丸を描いては星を描いてさ、ぶつぶつぶつぶつ言いながら。それは何だって訊いたら、金平糖だって。芥子の粒から金平糖ができるんだってさ。それが不思議だって言うのよ。何が不思議なもんですか。金平糖作りならあたいだって見たことあるもの、ただ砂糖を転がしてるだけじゃないの。なのに勘平ったら、ずっとぶつぶつ言い通しで気持ち悪くって。だから言ってやったのよ。そんなうじうじしてるなんて男らしくない、金平糖がそんなに好きなら、金平糖の親方のとこに行けばいい、って。料理人になんかなりたくないんなら、さっさと出てって金平糖の親方の弟子になりなさいよ、って。あんたなんかここにいたって、どうせ役に立たないんだから、って」

「そんな……ひどいこと」

「あたい、うじうじしてる男って大嫌いなの。みんなにあんなに優しくしてもらってるのに、金平糖の方がいいって言うなら行かせてやったらいいのよ。勘平は自分がどれだけ幸せものなのかわかってない。だったらわかるまで金平糖の親方と一緒に過ごしてみたらいい」

ちよの言うことは正しいのかもしれない。紅屋の人たちは勘平に優しすぎた。勘平にとっても、このままここで甘やかされるのはいいことではないだろう。

でも。

もし帰って来なかったら？

もう二度と勘平に会えないのだとしたら。

やすは泣き出しそうになって、涙をこらえた。正しいのかもしれないと思っても、ちよのしたことに腹が立った。

十　女料理人おみねさん

「あたいは奥の女中ですよ。大旦那様とご家族のお世話をするのが仕事なんです」

「わかってるよ」

「わかってるんだったら、お茶碗や野菜を洗うのは他の人にやらせてくださいよぉ」

「悪いがおちよ、下働きもしっかり仕込んでくれ、というのが大旦那様のご意向なんだ」

政さんは笑った。

「おちよは将来、旅籠の女将になるんだからな、掃除も皿洗いも、芋洗いも洗濯も、何もかもひと通りできなくちゃならねえ。自分ができもしねえことを奉公人にやらせようたって、そう簡単にいくもんじゃねえからな」

「じゃあ、あたいにも料理を教えてくれるんですか」

「大旦那様が料理も仕込んでくれとおっしゃればそうするが、ひと通り下働きを仕込んだあとは、おしげに引き継いで、部屋女中の仕事を学ばせるとかおっしゃってたらしいよ、番頭さんの話だと」

「えええっ」

　ちよは首を激しく横に振った。

「いやですよぉ、おしげさんは怖いです。今までだって、いつもおしげさんに見張られてて、何かと言っちゃ叱られてたのに！」

「おしげは別に怖くねえよ。ちょっと厳しいが、おしげの言うことはいつもまともだし、女中の依怙ひいきをしたりもしねえ。おしげに言われた通りにきちんとやればいいんだ」

　ちよはそれがいつもの癖でぷうっと頬を膨らませた。ちよの気持ちはわからないでもない。やすも、以前はおしげさんのことが苦手だった。が、今は、おしげさんのことを心から信頼している。そしておしげさんも、やすのことを妹のように大事にして、時折自分の長屋にも呼んでくれ、泊まらせてくれる。屋根裏の奉公人部屋のせんべい布団に寝るよりも、おしげさんの長屋で、おしげさんと布団を並べて寝る方が、何倍も楽しかった。以前はおしげさんの弟、千吉さんが寝ていた布団だ。千吉さんは仕事場に寝泊まりしていて、長屋には戻って来ない。

おしげさんは、昔の話をよくしてくれた。ふるさとの保高村で暮らしていた頃の話だ。穂高の山はとんでもなく高くて、富士山のようにすらりとした姿ではなく、ギザギザだったり尖っていたりと面白いそうだ。そして冬が長く、品川ではまだ紅葉もはしりの頃に真っ白な雪に覆われるらしい。

冬の厳しさは品川暮らしからは想像もできないほど過酷らしい。が、その分、遅くやって来る春の素晴らしさは言葉にできないほどだと言う。

「まだ山は半分から上、白い雪に覆われてるんだよ。その白い雪を背景にしてさ、土手や草原には黄色の蒲公英や白い二輪草、青いの赤いの、小さな花が一斉に咲くんだ。それはもう綺麗でねえ。その内に手前の低い山から雪が消えて、山桜の薄桃色の花が、ふわっと塊になって咲き始める。奥のとてつもなく高い山の雪が少しずつ消えると、その消えたとこがさ、いろんな形に見えるんだよ。馬だとか、菱餅だとかね。その形を見ると、ああそろそろ田植えだなあ、ってわかるんだ」

とてつもなく高い山に現れる、雪融けの絵。

やすは、いつの日かそれを見てみたい、と思う。信濃の保高村なんて遠くまで旅に出られる日が来るとは、とても思えなかったけれど。

「あんなんでおちよは、温泉旅籠の女将なんかになれるのかね」

おまきさんが笑いながら、ちよが仕事の途中でほったらかしにした大根を笊(ざる)に載せた。

「あ、それはわたしがやります」

やすが手を伸ばすと、おまきさんは笑顔でひょいと笊を遠ざけた。

「いいっていいって。おやすは他にもっとやることがあるだろ」

「でも」

「おやす、あんたはもう見習いじゃなくなるんだよ。お給金も出る奉公人になるんだから、自分の仕事をしっかりやることがまず第一だ。紅屋(くれないや)は、あんたの料理人としての仕事にお給金を払うんだからね、野菜の下ごしらえはあたしの仕事。あたしはこれが得意だと見込まれてお給金をもらってるんだから、そこんとこ勘違いしたらだめだよ。手が足りなくて手伝って欲しい時は、ちゃんと頼むから、それまでは政さんが命じた仕事をするんだよ」

「でも年が明けるまでは、見習いです」

「こら、つまらない揚げ足とって口ごたえなんかしなさんな」

「す、すんません」

揚げ足を取ったつもりなどはこれっぽちもなかったが、口ごたえだと言われれば口ごたえだ。いつの間に自分は、おまきさんに口ごたえなんかするようになったんだろう。やすは自分で自分を恥じて真っ赤になった。

慢心は怖い。

いつの間にか心に忍びこんで、心を乗っ取る。

「すんません、すんません」

やすは謝り続けたが、おまきさんは鼻歌を歌いながら井戸に向かってしまい、ゆるしてもらえたのかどうかわからなかった。


「自分が嫌いになりました」

やすは涙ぐんで言った。

「いつの間にか、生意気になっていて」

あはは、と政さんが笑った。

「おまえさんは、ある意味ハナっから生意気だよ」

「えっ」

「料理のことになると物怖じせずに、いつだって自分が感じたこと、思いついたことを口にしたし、勝手にやっちまうことだってあった。前に、ややこがお腹にいるご新造さんがお泊まりになった時のことを覚えているかい」

「あ……へい。おしげさんに叱られました」

「あの時おまえは、つわりであったけえ飯の匂いがだめでほとんど何も食えなかったご新造さんに、わざわざ朝餉で冷たい握り飯を出した。それも梅漬けを刻んで混ぜて、な。もちろん俺がゆるしたから出したんだが、おまえさんは、夕餉の飯を取り分けて冷たいのを残しておいただろ。俺がそうしろと言う前に、おまえさんはもう、やっちまってたんだよ。それがおやす、おまえなんだ。俺はだからこそ、おまえには見所があると思った。おまえのその生意気さこそが、おまえを前に進ませる力だ。人の言うことを聞いて何も考えずに従うだけだと、いつまでも同じところで足踏みすることになるんだ」

　政さんは笑いながらつけ加えた。

「ま、何事にも程度の問題ってのはある。やり過ぎれば、周囲がみんな敵になる。どのくらいの生意気がちょうどいいのかは難しい。時にはしくじって周囲から白い目で見られることもあるかもしれねえが、それも勉強だ」

しくじって白い目で見られるのは嫌だ、とやすは思った。やすは未だに、自分には「帰る場所がない」ということを思うと背中がぞくっとする。もし紅屋を追い出されたら、路頭に迷うしかないのだ。だから嫌われたくない。紅屋の中で敵を作りたくない。それはやすにとって切なる願いなのだ。

ちよのように言いたいことを言い、怠けたり文句を言ったり、気持ちのままに動いてみたいと思うこともあるけれど、自分とちよとは立場が違う、と思い直す。が、政さんの言葉で、やすは自分もまた、言いたいことを言ったりしたいようにして生きているのだ、ということを初めて自覚した。それをゆるしてくれ、包み込んでくれる人たちがいるから、追い出されずに済んでいるのだ、と。政さんだけでなく、おさきさんやおまきさん、おしげさん、番頭さん、若旦那様、大旦那様。そしてこの頃仲間となった平蔵さん。みんなが優しく受け止めてくれるから、生意気な自分でもここで生きていられるのだ。

そしてもう一つ、おまきさんの言葉をやすは反芻していた。

紅屋は、あんたの料理人としての仕事にお給金を払う。

料理人としての仕事。

年が明けたら、もう見習いだからという言い訳は通用しない。その覚悟はできているんだろうか。

やすは自分の胸に手を当てて問いかけてみたが、心の答えはなかなか出て来てくれなかった。

「今年の品川料理屋番付、出ましたね」

若旦那様が嬉しそうに政さんに瓦版を手渡した。

「番外編の旅籠番付で、遂に西の小結になりましたよ」

「東の横綱は百足屋さんですかい」

「ええ、まあ、あそこの横綱は当分動きませんね。しかし規模がまるで違ううちのような小さな旅籠が小結ですから、これはもう政さんのおかげです。大旦那もたいそう喜んでらした」

「いやいや、旅籠番付は料理だけでなく、もてなしや部屋の掃除なんかも重要だから、みんなの力です」

「それでも料理屋番付の番外編なんだから、料理の良し悪しがいちばん重要だ。政さんがいなけりゃ、小結はおろか、幕内に名前が出ることもなかったよ。本当に感謝してますよ。あんたを江戸から引っ張って来た大旦那の眼力は確かなもんだ。それにしてもこの料理屋、政さんは知ってますかね」

若旦那様が瓦版の一箇所を指で示した。

「……むら咲……ああ、なんか噂だけは。東の三枚目ってぇことは、じきに小結だね」

「昨年の番付にはどこにも名前がなかったんで調べてみたら、つい先々月店開きしたばかりの新参者なんですよ。それがいきなりの三枚目、ご同業の仲間に訊いてみたらね、なんとも斬新な料理屋らしいんで」

「斬新？」

「ええ。それがね、なんでも料理するのが女の料理人で」

「町の料理屋なら、江戸には女の料理人も結構いますよ」

「ただ女ってだけじゃなく、嫁入り前の若い女なんだそうですよ。しかもね」

そこで若旦那様はやすの顔を見たので、やすは頭を下げて裏口から外に出た。話の先はまるで読めないが、自分には聞かせたくない話なのかな、という気がした。

嫁入り前の若い女料理人。その人が作る料理が、東の三枚目。やすの心がさざなみ立った。

裏庭で、笊に干した椎茸をひっくり返した。椎茸は貴重品でとても高価なのだが、政さんには他人には秘密の入手先があるらしくて、時々笊に山盛り仕入れて来る。しかも、番頭さんが驚くほどの安価らしい。この入手先のことだけは、やすにも教えてくれない。

椎茸には相場があり、運が良ければ博打よりも儲かると聞いたことがある。だが椎茸の生える原木を購入しても、生えて来るかどうかは運次第だ。政さんは、風が大事だ、と言っているが、どういう意味なのかやすにはまったくわからない。だが冬椎茸の出汁は絶品で、干した椎茸を戻せばその出汁が他の料理にも使えるし、煮物に戻した椎茸を入れると、ふっくらと出汁を吸い込んだそれもまた絶品。他のきのこは梅雨の頃か秋に採れるが、椎茸は冬にゆっくりと成長したものが良いらしい。

「おやす」

政さんが現れて、ニヤッとした。

「気を利かせてくれて、若旦那様は助かったって顔してたな。けど、別におまえさんに聞かれて困るような話じゃなかったぜ。ただ若旦那様はあれでうぶなとこがある人だから、おまえさんくらいの年頃の娘に聞かせていいもんかどうか、困ったんだろうな」

「あの、わたしが聞かなくてもいいことなら、別にその」

「いや、聞いといた方がいいと俺は思う」

「へえ」

「むら咲の噂はそれとなく聞いてたんだが、正直、色物だと思っていたんでおやすには言わなかったんだ」

「料理屋なのに、色物、ですか」

「うん。どうもな、噂だけ耳にした限りでは、まともな料理屋とは思えなかったんで、新手の水茶屋みたいなもんかと思っていた。ところがいきなり東の三枚目、ってことは、どうやら俺が間違ってたみてえだな。料理の味が悪かったらいきなりそんな高い評価を得られるはずはねえからな。商売のやり口はえげつなくても、味が確かなら、俺もおまえも気にとめておく必要がある。若い女の料理人だからって、美味いもんを作るんなら下に見たらいけない」

「お商売がえげつないとは」

「ま、俺は噂で聞いただけだから、本当のところはどうなのかわからねえよ。ただな……その女の料理人ってえのが、着物を端折って長襦袢を剝き出して、足も膝あたりまで見せてるんだそうだ」

「見せてる？　お勝手で、ですか。でもそんなのは」

「いやいや、違うんだ。その料理屋は変わった造りになっててな、真ん中に板場があって、それをぐるっと取り囲むようにして長卓が置かれてるらしい。床几もない立ち食いだ」

「立ち食い！」

「らしいんだ。客はみんな立って、板場を覗き込むみたいにして食うんだな。その板場で、足を剝き出した若い女が料理をする。と言っても竈は奥にあるようで、女はもっぱら包丁を使ってみせるんだが、味もその女が決めてるようで、奥から板場へと別の若い女が、椀やら魚やら運んで行き来する。その女たちもみんな似たような姿で、足を見せてるらしい」

　なんという。やすは絶句した。

　町娘が足を見せること自体はそんなに珍しいことではない。長屋の洗濯場では、尻端折りした娘がしゃがんで洗濯板を抱えていることもよくあるし、少し田舎に行けば、農作業するのに胸まではだけている娘もいたりする。が、料理屋となると、どう考えても想像が出来なかった。紅屋は飯盛女を置かない平旅籠なので、女の人の色香を商売の道具にする、ということは一切ない。だからこそ、女の一人旅でも安心して泊まれると評判になる。

お江戸には、料理屋でもそうした色香を売る店がある、という話は聞いている。が、それは、座敷のある料亭に酌をする女がいる、というものだと考えていた。芸者を頼むと花代がかさむので、料理代にちょっと上乗せしたくらいで綺麗な女の人に酌をしてもらえるなら、と流行っているらしいと。しかし料理をする、しかも包丁を持つ料理人が色香を振りまき、それをお客が眺めながらものを食べる、というのは、あまりにもえげつないではないか。

「ま、あまり評判になるとお上に目くじら立てられて、けしからん、てえことになって店を閉めさせられちまうんじゃねえかと思うんだが、そうなる前に一度、その女料理人の料理を食べてみようかと思ってな。おやす、おまえも行くかい」

「わ、わたしは……」

番付に載るほどの味ならば、それは自分の舌で確かめてみたい。自分とそう違わない歳の女の人がどんな料理を作るのか、この目で見てみたい。けれど、足を出して料理する女を客が眺めながらものを食べる、というのは、なんだかすごく怖かった。そんなことはやすの頭では思いもつかないし、なぜ料理人がそんなことをしなくてはならないのか、わからない。

「わたしが行ってもいいんでしょうか……」

「そりゃ構わねえだろう、料理屋なんだから。まあ噂の通りだとしたら、女の客なんか他には一人もいねえだろうが、俺がついてるからその点は心配いらねえよ。だけどまあ、気がすすまねえならそれもわかる。そうだな、まずは俺が行ってみて、どんなもんか様子を見て来よう。それでおやすを連れて行く価値のある店だと思ったら、連れて行く。それでどうだい」

「へい。お願いします」

その翌日、政さんは後のことをやすに任せ、夕餉が運ばれて行くのを見届けると、前掛けをはずして勝手口から出て行った。どうやら若旦那様もご一緒されたようだ。

後片付けを終えて、洗いあげた皿や椀を拭いて棚に戻している頃になって、二人はようやく帰って来た。若旦那様はすぐに奥に引っ込んでしまわれたが、政さんは、賄いの残りの煮物を飯茶碗に盛った白飯の上にかけて、がつがつと食べ始めた。

「政さん、お料理を食べて来たんじゃないんですか」

熱いほうじ茶を淹れながらやすが訊くと、政さんは、空っぽになった飯茶碗をやっと置いて、ふう、と息を吐いた。

「それがな、番付に載ったせいかものすごい人気で、まずは店に入るのに欠伸が出るほど待たされて、入ったら入ったで、混んでますから一人二品でお願いします、と言われちまったんだ」

「一人二品」

「酒も二本まで、だとさ」

政さんは笑った。

「若旦那と二品ずつ頼んでもたった四品、それを二人でつついたらあっという間になくなって、銚子一本空にする間もない。あとからあとから客が詰め掛けてて、酒だけで粘れる雰囲気でもなくってな、仕方なく食い終わったら外に出たんだが、半端にものを食ったせいで余計に腹が減っちまって、二人で屋台の蕎麦をすすって帰って来た」

「お蕎麦も食べたのに、まだお腹が減ってたんですか！」

「人の腹具合ってのは妙なもんだ、もっと食いたいと思ったもんが食えないと、そのあと何を食っても腹一杯にならねえんだ。なんか物足りなくってな。けどうちの賄い、おやすが作った煮物なら腹の虫も黙るだろうと思って食ってみた。いやあ、ようやっと人心地がついたみてえだ」

「そんなに美味しかったんですか、むら咲のお料理」

　やすの問いに、政さんはしばらく首を傾げて考えていた。

「うーん。……美味いのは美味かった。もっと食いてえと思ったよ。けど今になって思い返してみると、あれはなんだな、料理が食いたかったってよりは、あの女料理人の手さばきや、奥のもんにてきぱきと指図する威勢のいい声をもっと見たい聞きたい、そういう類のもんだったようだな。いや、料理は確かに美味いんだ。正直、野菜も魚もうちの方が上等で、野菜の下ごしらえなんかはおまきの方が上だ。だがあの料理人の包丁はすごい。白身の魚を皿の模様が透けるくらいに薄く削いだり、白髪葱は糸のように細く造る。それに炭も手元におこしてあって、包丁を使うかたわらで炭火で焼き物も作るんだが、火のいれ加減は絶妙だ。串を打った穴子の焼き物なんか、もう一皿食いてえと心底思ったよ。しかしあれはあくまで、屋台の料理だな」

「屋台の？」

「そうだ。材料はさほど吟味してなくって、多分値段だけで仕入れを決めている。あの女料理人には仕入れをさせず、店主が儲け第一で仕入れをやってるんだろうよ。醬油も野田のもんだというのはわかったが、どうも余計な混ぜ物が入ってるみてえで味が濁ってた。味醂も味噌も二級品だ。なのに、味の方は一流に近いもんになってるんだから、あの料理人の腕は確かだ。おみね、と呼ばれてたな、あの女料理人」

「おみね、さん」

「噂よりはちっと歳がいってるように見えたが、それでも二十歳をいくらも過ぎちゃいねえだろう。一見すると小柄なんでおまえさんと同じくらいに見えるが、まあ表情とかな、小娘と呼ぶにはちょいと薹が立っていなすった。それでも若いことは若い。男でも、あのくらいの歳で店の板場を任される奴は多くねえよ」

「本当に立ち食いだったんですか」

「まあそうだ。いや長卓には樽やら置いてあって座れるようにはなっているんだが、誰も座らねえ。座ると板場の中が見えねえからな」

政さんは困ったように笑った。

「だけど、噂はやっぱり大袈裟だった。足は確かに出しちゃいるが、尻端折りなんざしてなかったぜ。着物の裾を膝あたりまでたくし上げて、へこ帯みてえな愛想のない黒い帯に挟んであったが、そんなに足ばかり剥き出しにしてるってほどでもねえな。けどな、そのおみねって料理人、顔はきりっと涼しいなかなかの美人で、しかも抜けるような白肌なんだよ。井戸端で若い娘が裾をまくって洗濯してってもどうってこたねえが、板場で料理人があんだけ白い足をにょきっと出してりゃ、なんとも珍しいというか妙な感じで、なんか胸がざわざわしちまうんだよ。おっと、勘違いするなよ、おやす。俺はあの足に見とれてたわけじゃねえよ。しかしあの店が人気なのは、まあ当然だ。料理はそこそこ美味い。料理人が美人でしかも白肌の足つき。そして勘定は安い」

「安いんですね」

「うん、同じもんを料理屋で頼んだら、あの倍くらい取られるな。出されるもんは料理屋の献立で、勘定は一膳飯屋(いちぜんめしや)をちょっとおごったくらいなもんなんだから、人気が出ないわけがない」

政さんは、紙に書きつけたものをやすに見せた。

大根のふろふき　ゆずみそかけ
あなごの串うち焼き　さんせう塩
たひのうすづくり　ごままぶし
あこぎとうふ　おろしゆず

「これが今夜、二人で頼んだ献立だ。漢字は読めるかい」

「へい、このくらいなら読めます。あこぎとうふ、というのは何ですか」

「江戸の料理屋で出る献立で、豆腐百珍に出てるやつだ。阿漕田楽とも言う。豆腐を軽く炙って表面を硬くしてから、出汁と醤油で煮て、それをまた油で揚げてから、串を打って焼くんだ」

「随分と手が込んでますね」

「ああ、でも客に出す前にほとんど料理しておけるから、客の前で炭火で炙ればすぐに出せる。なかなかいい献立だ。豆腐に味が染みてるから、客に醤油をかけさせる手間もいらない。そういうところも、どこか屋台の匂いがするんだが」

食べてみたい、とやすは思った。ただ文字で読むだけでも、口の中に唾が湧いて来る。大根のふろふきはわかるけれど、大根に含ませる出汁はどんなものなんだろう。鰹節か、昆布か、合わせ出汁か。柚子味噌は甘みがあるのだろうか。穴子を焼いて山椒塩だけで食べさせるなんて、大胆で自信に溢れている。鯛の薄造りに胡麻をまぶすって、味は何でつけているんだろうか。塩か醤油か、あるいは胡麻をすって醤油で延ばしたものか。砂糖も使うのか。阿漕豆腐はどうしても食べてみたい。作ってみたい。

「で、俺はおやすにも、むら咲の料理を食べさせたいと思うんだが、行ってみる気はあるかい」

「へい！」

やすは威勢良く応えた。

「行ってみたいです。食べてみたいです」

「白い足を出した女料理人を、男の客ばっかで取り囲んでるんだぜ。怖くはないかい」

「こ、怖いです。でも、そんなにいい料理人さんなら、色香で誤魔化したりしないはず。女の客にも手を抜いたりしないはずです」

「まあそうだろうな。あのおみねって料理人は、かなり気の強い、鼻っ柱が強い女に思える。客が女だからって手抜きするようなくだらねえ料理人じゃねえよ、あの女なりの矜持があって、だから足だって堂々と出してるんだろうな。おやす、むら咲に行ってみることは、おまえさんの勉強にきっとなる」

数日後、政さんが番頭さんにゆるしをもらい、夕餉の膳が出た後でやすは平蔵さんとむら咲に向かった。政さんは一度行っているので、今度は平蔵さんにも食べさせたいとはからってくれたのだ。その代わり、その夜の後片付けは政さんが一人ですることになってしまった。きっと最後はちよも呼ばれて手伝わされ、また明日はちよの愚痴を聞かされることになりそうだ。

「政さんは褒めてたけど、俺はやっぱり邪道だと思う。若い女に足を出させて客を呼ぶ料理屋なんてもんが番付に載ったのは間違いだ」

平蔵さんは腕組みしながら早足で歩き、ぶつぶつと文句を言っていた。

「料理屋ってのは、客に飯を食わせて稼ぐもんだ。どんなに味が良くて安くても、女が足を出してなけりゃ行列ができるほど混んだりしねえだろう？」

だがむら咲が見えて来ると、その行列の長さに、うへえ！　と驚いた。

店の表から大通りへと人の列が続いている。そしてその列には女の人が一人もいない。やすは思わず下を向いて、平蔵さんの背中に隠れるようにして身をちぢめた。

半刻余りも立ったままで待って、ようやく店の中に入ると、前掛けをした女童が品書きを手渡してくれた。

「おあいにく様でございます、今夜も混んでおりますので、お一人様二品でお願いいたします。お酒もお銚子二本しかおつけできません」

歳の頃は十かそこら、つんつるてんの着物から伸びた足は、寒さで鳥肌が立っている。こんな小さな子を夜遅くまで働かせるなんて、と、やすは少し憂鬱になった。とは言え、やす自身が紅屋に来た時はもっと幼かった。それでも台所を片付け終えるまでは下がらせてもらえなかったし、夜中に井戸で皿を洗ったこともある。優しい人ばかりの紅屋でさえそうなのだから、それが世間というものなのだ。この子も辛い思いをしながら働いて、やがては自分のように、一生続けたいと思う仕事に出会えるかもしれない。

「たった二品か。どうする、おやす。政一さんと若旦那が食べたのと同じ献立にするかい」

「その方が、味の勉強になるかもしれません」

「ならそうしよう」

　店内は異様な熱気に包まれていた。とても料理屋という感じがしない。ぎっしりと詰め掛けた客がみんな、長卓の前に陣取って、立ったままで料理を食べている。中には料理を食べ終えたのか、お猪口を手にちびりちびりと酒を舐めている人もいて、その顔がみんな板場の方を向いているのはとても気味が悪い光景だった。

　人混みをかき分けるようにして長卓の前まで来ると、髪を団子のように結い上げた、やすと同い歳くらいの女の人が、ご注文をどうぞ、と言った。平蔵さんが注文し、長卓の前に置かれた醤油の空樽に腰掛けた。やすもその隣りに座る。他の客が立っているのに二人だけ座っているのは、なんとも居心地が悪い。いつの間にか、客の視線が自分にも集まっているのをやすは感じた。

板場の中央で焼き物の串を炭火の上にかざしているのは、髪を手ぬぐいできっちりと包んだ、小柄な女の人だった。これが、おみねさん。絣の紺着、袖は襷でしっかりと縛り、熱い炭火の上に火傷しそうなほど指を近づけて、キリッと口を結び、一心不乱に串を回している。

足が出ているのかどうか、座った位置からではわからない。だがそんなことは、もうどうでもよくなった。おみねさんの手の動きに魅せられて、やすは穴があくほどじっとそれを見つめていた。

焼き物が出来上がって皿に移すと、茄子、できたよ！　とおみねさんが叫んだ。すぐに冷まして皮剝いて持って来な！

奥からまた一人若い女衆が走り出て来て、真っ黒に焼けた茄子の皿を受け取ってまた戻って行く。おみねさんの言葉は強くてはっきりしていて、一切の無駄がない。

「翡翠茄子かな」

平蔵さんもおみねさんの手元に魅了されているようだった。

今度は包丁を握り、何かを刻んでいる。あまりにも速く包丁が動くので、やすは思わず、へえ、と感嘆の声を漏らしてしまった。

さっきの女衆が戻って来る前に、刺身のような皿が出来上がっていた。

「鰯か。叩いて何かと混ぜてたな」

「茗荷と葱、それに味噌のようでした」

「なめろうか」

「なめろう？」

「沖膾とも言うが、上総のあたりの漁師が食っているもんだ。料理屋で出すなんてのは聞いたことがねえな。漁師が船の上で、獲った魚を細かく刻んで、それに味噌やら葱やら混ぜこんで、飯に載っけて食うんだよ。酒にも合う。俺は江戸にいた頃に、仲間の里が九十九里でな、遊びに行って食わしてもらったことがある。もしかするとこの店主は、上総の出かもしれねえな」

皮を剝かれた茄子が戻って来た。紅屋で出す翡翠茄子は、焼いた茄子の皮を剝いてそれを椀に入れ、そこに色の薄い出汁を張って、上から糸のように細く長く削った鰹節を載せる。皮を剝いた生の茄子を出汁で煮る作り方もあるのだが、茄子の甘さは焼いた方がよく出るので、政さんは焼き茄子を使う。

だがおみねさんの献立は、そのどちらでもなかった。茄子は丸のまま皿に盛られて、その上からすりおろした生姜(しょうが)をたっぷり、そして生醤油と、なんと胡麻の油がかけられた。

「なんだありゃ、油をかけやがった！」

「生姜なすび、あがったよ！」

「へい！　生姜なすび、お待ちどおです」

皿を手渡すやいなや、おみねさんの手は次の料理へと動いている。とにかく手早い。

しかも驚いたことに、味見をしない。

見とれている間に何品もの料理が出来上がって出されたが、皿を受け取った客はみな、まだ上の空で、板場のおみねさんを見つめている。もったいない！　あんなに手早く作ってくれて、いちばん美味しい出来立てを出されているのに、食べもしないで何してるんだか！

やすは腹が立って来た。

「さっさと食べればいいのに」

思わず心の声を呟(つぶや)いてしまったようで、平蔵さんが笑い出してようやく、声に出していたことに気づいた。

「あはは、本当だな。さっさと食え。せっかく料理人が、指先を火傷しそうになってまで熱いもんを出してくれてんのに、客がぼーっとしててどうする、だな。しかしまあ、俺も男なんでちょいと同情しないでもない。ここの料理人は、ちいとばかし美人過ぎだ」

　だが、一口料理を頬張った客たちがみな一様に、おっ、という顔で皿を見返すのはなかなか痛快だった。いくらおみねさんの美貌に見とれていても、舌は正直だ。

　余りにもどの料理も美味しそうで、待ちくたびれて涎が出そうになった頃、ようやく二人の目の前に皿が並んだ。

「半分ずつ食うぞ」

「へい」

「お客さん、お酒はどうします」

　不意に、おみねさんの声がかかって平蔵さんが顔を上げた。おみねさんが、まるで睨みつけてでもいるかのように、まばたきもせずに二人を見ていた。

「ここの料理は、飯より酒に合うのかい」

「どちらでも」

「なら、今夜は飯にしとこう。飯は二品には入らねえよな？」

「そっちのお嬢さんは？」

「ご、ご飯をいただきます」

「丼飯ふたつ！」

おみねさんはそう叫んでから、ニヤッと笑った。

「うちのはひえが混ざってますんで」

「ほう、それはまたなんで？」

「米は高いんですよ」

おみねさんは素っ気なく言った。

「ここじゃ、値の張るもんは出せないんで」

「ひえ飯を出して番付三枚目とは、本当に大したもんだ」

平蔵さんは、心底感心した、というように独りごちた。

料理はどれも美味しかった。大根は煮すぎず、箸はすっと通るが形は崩れず、柚子味噌は田舎の麦味噌を使っているのに品がいい。

穴子は絶品。焼き加減が素晴らしい。火はきちんと通っているのに、身が舌の上で溶けるかと思うほど、ふわっと柔らかかった。山椒の粉と藻塩を混ぜたものが、全体にほどよくかかっている。

　鯛は薄くそぎ切りされて、味醂と醤油に漬けこまれていたが、漬け過ぎて鯛の香りや旨味が醤油で消されることもなく、ほどよく味がついていて、それに炒った白胡麻がまぶされ、さらには細く切った生の柿とざっくり合わせてあった。鯛のように品のいい魚が、柿の甘さや胡麻の香りで、どこか親しみのある懐かしい味になっている。

　そして、阿漕豆腐。豆腐が出汁で煮てあるので味はしっかりしているのに、揚げて炙る、という手間をかけているせいなのか、香ばしさでいくらでも食べられそうだ。しかも食べ応えがあって、これはお膳の真ん中に置ける献立だった。

　さらに驚いたのは、ひえの混ざった飯だった。ひえが混ざっているのに少しも野暮ったくなく、喉の通りも悪くない。ひえ特有の匂いもしない。

「もち米も混ぜてあるな」

　平蔵さんが呟いた。

「へい。それに、昆布で炊いてあります」

「昆布かい。なるほどこれは昆布の匂いだ。しかし値の張るもんは出さねえとか言いやがって、昆布は高価なもんだぞ」

米を節約して昆布に回したことに、何か意味があるのだろうか。

いや、そうじゃない。これは、こういう献立なのだ。これがおみねさんの料理なのだ。

ひえを混ぜても、白い飯より美味しいものが出来る。どう？　驚いた？　おみねさんは、この丼飯でそう言っている。

やすも平蔵さんも、夢中で食べたので、あっという間に皿も丼も空になった。

「ごちそうさん」

代金を払って店を出た。まだ人の列は長い。

「これじゃあ、客がいなくなるのは夜中だな」

平蔵さんは肩をすくめた。

「店の女衆も、毎晩これじゃ体が持たねえだろうな」

「美味かった」

平蔵さんは言った。

「政一さんが褒めたのにも納得がいったよ」

「でも、お客さんたちはせっかくの料理なのに、味に集中してませんでした。あんな風に、おみねさんを見世物にする必要があるんでしょうか。あんなことしなくたって、あの味ならお客は集まります」

「うーん」

平蔵さんは、また腕組みしながら歩いている。

「それは俺も考えてたとこだ。料理人にあれだけの料理の腕があるんなら、何も色香を売り物にしなくたって客は来る。なのになんであんな商売をしてるんだか。いやいや、色香を売りにするとしたって、おみねの顔立ちならば足を出す必要はない。あんなことしたら、かえって店の格が落ちる。今回は珍しさもあって番付で三枚目がとれたが、その内には品川の他の料理屋が悪口を言いふらして、お上にお咎めを受けちまうかもしれない。どうもな、店主の考えてることがわからねえ」

「ご店主はどんな方なんでしょうね」

「さあな、しかしろくな奴じゃねえと思うよ。女ばかり雇って足を出させて、しかも夜中までこき使うなんざ、まともな商売人のすることじゃねえな」

翌日、客が出立して一息ついたところで、政さんがやすと平蔵さんを呼んだ。

「どうだったい、むら咲」

「店の造りに驚きましたね」

平蔵さんが言った。

「なんだってあんなふうにしたんだろう。座敷どころか畳もなくって、あれじゃ客は腰を落ち着けることができねえですよね。かと言って、南蛮(なんばん)式の卓でもなく、板場を囲むように長卓が置かれてる。申し訳程度に空樽なんか置いてあったが、あれはははなから、座ってゆっくりしてんじゃねえよ、立って食って、食ったらさっさと出て行きな、てことですかねえ」

「わざと客を落ち着かなくさせてる、そうは思わねえか」

「なんでそんなことする必要があるんです」

「今おまえが言ったまんまだよ。さっさと食って、食ったら出て行け」

「客を邪険にしていいことがありますかい」

「客の入れ替えが早くなる。狭い店でも何度も客が入れ替われば、その都度儲けが出る。だがただ落ち着かねえ店で、立って食わされた上に愛想もなく追い出されたら、誰だって二度とその店には行かねえだろ。そこで女の白い足だ。立てば若い女の足が拝めるようにしておけば、客は座ってくれと頼んだって立つだろうさ」

「じゃ、板場のおみねの足見たさに客が立ってものを食う、それが狙(ねら)いなんですかい」

「客が立てば一度にたくさん店に入れるしな」

「しかし一人二品なんてしなくても。あんだけ美味いなら、客はもっと頼んでくれるのに」

「どの料理も同じ代金だとして、一人の客が四品頼むのと、二品ずつ二人の客が頼むのと、どっちが儲かる？」

「へ？　それは同じですよね、だって」

「同じじゃねえよ。よく考えてみな。四つの皿を空にするのに、一人で食べるのと二人で食べるの、どっちが速い？」

「あ！」

平蔵さんは、ぽん、と拳(こぶし)を掌(てのひら)に打ちつけた。

「そうか。客の入れ替えを増やすには、客に速く食ってもらうことも必要なんだ」

「そして酒だ。酒は飲めば飲むほど、客の尻が重くなる。しまいには店を閉めても酔いつぶれて寝ちまってるなんてことになる。酒をあまり飲ませないようにしたいなら、一人の客に売る酒の量を決めちまえばいい。お銚子二本、料理二品までってのは、なかなかよく考えられてるよ」

「そこで勘定だ。むら咲の勘定はとにかく安い。まともな料理屋ではあんな値段でものは食えない。確かに野菜も魚も、うちで使ってるものよりはだいぶ劣る。その分仕入れ値も安いはずだ。しかしそれでも、あの勘定では女衆に給金払うだけでも大変だ。一品あたりの儲けが少ないなら、数をこなすしかない。数をこなすには客がどんどん入れ替わる必要がある」

「しかし何もそうまでして客の数を増やさなくても」

「そんなら他の料理屋並みに上げたらいいじゃないですか、勘定を。あの味ならば勘定が少々高くっても客は行きますよ」

「確かに客は行くだろうが、客の懐は無尽蔵じゃねえからな、普通の料理屋に月に何度も行けるようなお大尽はほんのわずかだ。しかもそういう金持ちは気まぐれで、新しい店が出来るとさっさと店を換える。俺が江戸で働いていた月花亭(げっかてい)にしたって、料理屋番付で大関になったような店だったが、長年の常連さんを除けば、どんなごひいきさんだって突然来なくなったりすることがちょくちょくあったし、どこかに新しい店が出来て評判になるたんびに客足が遠のいて苦しくなった。料理屋ってのは人気商売、人気ってのは風に吹かれてあっちへふらふら、こっちへふらふらするもんだ。しかし勘定が安いとなると、高いとこへは食べに行けねえ連中にとっては、ふらふら浮気なんかできるもんじゃねぇんだ。安い、という売りがあるだけで、ある意味安泰なんだよ」

「わからねぇなあ」

平蔵さんは唸った。

「野菜や魚を安いもんにしただけでも、いくらかは勘定を安く出来るでしょう。なんでそれ以上安くしないとだめなんですか」

「俺だって商売について詳しいってわけじゃねぇからな、確かに平蔵の言う通り、むら咲がそうまでして客を増やし、勘定を安くしようとするのはなぜなのか、ちょっとやり過ぎじゃねぇのか、とは思うよ。けど、むら咲ってのはそういう店だ。そのやり方が正しいか間違ってるかは、もう少し先になればおのずとわかるだろうさ。正しければ、むら咲はますます繁盛する。間違っていたら、あの店は潰れる」

「あそこが潰れたら、おみねさんはどうなるんでしょう」

やすは言った。

「あんなふうに足を見せたりして、料理人としての評判に障りませんか」

「料理人は腕が第一だ、その意味ではおみねを雇いたいって店は他にいくらでもあるだろうさ。けど人としての評判は、だいぶ傷がついちまってる。雇ってくれるところがあったにしても、おみねの名前を出して商売してくれる料理屋は、もうないだろうな」

「そんな……」

「おみねはそんなこた、充分わかってやってると思うがな。料理人として名を上げることなんか、あの女ははなから諦(あきら)めてんだろうよ」

なんだかやりきれない、とやすは思った。おみねさんにどんな事情があるのかはわからないが、あれだけの腕を持っているのに、普通に修業して料理人としての名声を得ることが、もうあの人には出来ないかもしれない。

「それより、料理はどうだった？」

政さんが言った。

「味のほかに、何か気が付いたことはねえのかい。野菜や魚がちいっと落ちる、というのも別にして」

「茄子に胡麻の油をかけたのは驚きましたね。焼き茄子を翡翠茄子に仕立てるのは珍しくないが、生姜醬油に胡麻油なんてのは聞いたことがなかった」

「食ってみなかったのかい」

「一人二品でしたんで、政一さんが食べたのと同じものを食べた方が、味の勉強になるかと思ったんです。他にも、沖膾を出してましたぜ」

「へえ、沖膾か。あれは漁師の食いもんで、料理屋で出すようなもんじゃねえんだが」

「店主が上総の出なんじゃねえですかね」

「そうかもしれねえな」

「鯛にまぶした柿が面白いと」

やすが言いかけると、ああそれ、それ、と平蔵さんも同意した。

「柿ってのは意外だった」

「そうだな、あれは俺も驚いた。だが正直なところ、あの柿はない方が、献立としては良かったんじゃねえかとも思った。胡麻醬油の染みた鯛の身は、そのまま食べてもいいが、鯛茶漬けにするともっと良さそうだ。なのに柿のせいで、茶漬けで食えなくなっちまってた」

「……それも、おみねさんの仕掛けかもしれません」

「仕掛け？」

「へえ。あの鯛を食べたら誰でも、白飯をくれ、茶漬けにすると言うと思います。おみねさんは、それをさせないように柿を合わせた」

「なんでそんなことをする？」

「ひえのご飯を食べてもらうためです」

「ひえの飯？　おまえさんたちは、ひえ飯を食ったのか」

「へい。お酒をどうすると訊かれて、平蔵さんが酒はいらない、飯にすると言うと、うちにはひえの混ざった飯しかないと出してくれたんです」

「そいつはまた……俺は若旦那と一緒だったんで、銚子を一本ずつ飲んだが飯は食わなかった。それにしても番付に載る料理屋がひえ飯とはなあ。まさか米代がもったいないからなんてことは」

「おみねは自分でそう言いましたよ。うちの店では仕入れが高くつくもんは置けないんだ、って。でもあれは嘘ですね。それが証拠に、飯を炊くのに高価な昆布が使ってあった。米を節約してひえを混ぜても、それを昆布入れて炊いてたんじゃ元の木阿弥」

「昆布で炊いた……」

「ほんの少し、もち米も混ぜてあったと思います」

政さんは目を閉じて、じっと考えていた。

「古い米か！」

不意に、政さんが目を開けて言った。

「むら咲は、客に古米、いや古古米を出してるんだな。古古米のぱさつきをもち米で補って、旨味が足りないのを昆布で補う。ひえを入れたのは、色のためだ。古古米は炊くとくすんだ色になることがあるが、黄色いひえの実が混ぜてあれば、そっちに気をとられてくすみに気づかない。それもおみねの考えたことなんだろうな」

「けど、なんだってわざわざ古古米なんか。確かに仕入れはぐんと安いが、昆布を使ったんじゃやっぱり儲けが消えちまうでしょうに」

「うーん。それがわからねえな」

政さんは苦笑いした。

「どうも、むら咲にはいろいろと謎（なぞ）がありそうだ。美人で足の白い、腕の立つ女料理人がいるってだけじゃねえ、謎がある。こいつは困ったな、俺は昔っから、なんか気がかりなことがあって答えがみつからねえと、落ち着かなくて他のことがなかなか手につかねえ性分なんだ。こりゃもういっぺんあの店に行って、茄子も沖膾も食べてみねえとなんねえな」

十一　女料理人からの謎かけ

むら咲で料理を食べたことは、やすにとって、刺激が強すぎる体験となった。

あのおみねさんという女料理人。女でありながら、品川料理屋番付に載るほどの店を任されて料理人頭として腕をふるっているのだから、やすには夢を成し遂げた憧れの人、であるはずだった。が、むら咲の商売はあまりにも、やすがそれまで知っていた料理屋の商売と違っていて、どう考えたらいいのかわからない。

屋台のように立ったままで料理を客に食べさせる仕組み、そして客が喜んで立つようになのか、料理人も女衆も足を出しているあの姿。さらには、素材は二級品なのに手際と腕で一流の味に仕立ててしまうおみねさんの力。そして、高価な昆布で炊いたひえ入りの古古米飯、という、摩訶不思議な献立。

思い出して考え始めると、仕事の手が止まってしまう。

「おやす、あまり考えすぎるな」

政さんはそう言って、やすの頭をがしがしと撫でた。政さんに頭を撫でられると、やすは子供の頃に戻ったように懐かしい気持ちになる。この頃は政さんも、やすを子供扱いしなくなって、頭を撫でてくれることも少なくなった。

「この紅屋は旅籠だ。旅籠で飯を出すことと、料理屋で料理を客に食べさせることは似ているようでいて、その実、まったく別のことなんだ。紅屋に泊まってくださるお客は料理が目当ての人もいるが、ただ旅の疲れをとってぐっすり寝たいだけの人もいるし、噂に聞いた品川の夜を楽しみに、飯なんざさっさとかっこんで夜遊びに出たい人もいる。ただどんな客に対しても、とにかく明日の朝のご出立まではごゆるりとお過ごしください、ってのが旅籠だよ。けど料理屋は、料理だけが勝負のしどころなんだ。だから料理屋は店ごとに特徴を出して、献立にすべてを賭ける。むら咲みたいなのは極端だが、とにかく他の店とは何か違うことをしねえとなんねえって考えに取り憑かれる料理屋は多いんだ。挙句の果てに、ご禁制の食材に手を出したり、客が求めれば危ねえって知ってても、フグの肝やらしびれの出るキノコやらまで出す店がある。むら咲だって、さんざ悩んだ末にああいう商売を選んだんだろう。その点、旅籠は奇を衒う必要はねえ。掃除のいき届いた部屋、ちゃんと日に当てて干してある布団、それに腹が膨れて気持ちよく満足できるそこそこ美味い飯。そんなもんが揃えば商売になる。むら咲とおみねの商売に驚いたからって、紅屋は何も悩む必要はねえんだ。おまえさんも、余計なことは考えず、これまで通りの正直な仕事をすればいいんだよ」

「へえ」

政さんの言うことは正しい。やすにもそれはわかっていた。けれどどうしても、あの強い目でやすを見ていたおみねさんの顔が、頭から離れなかった。

師走(しわす)は慌ただしく過ぎ、年が明けた。

大晦日(おおみそか)も元日も、お客がいる限りは休みにならない。それでもいつものように満室までお客を泊めずに部屋を空けているのは、正月は里に帰りたいと願う奉公人を里に帰してやるためだった。やすは帰るところもないのでいつものように働いている。おさきさんやおしげさんたち、品川の長屋暮らしの者もいつもと変わらない。政さんもいる。が、平蔵(へいぞう)さんやちよたちがいないので、やすは少し寂しい。特に、勘平(かんぺい)がいない正月は、なんとも寂しい。

明けて三日に、やすはお小夜(さよ)さまから手紙をいただいた。縁談がまとまり、弥生(やよい)の頃に祝言をあげることになった、と、やすが読めるようにかなばかりで書いてあった。お小夜さまは、どうせ薬問屋の嫁になるのならば、と、今は漢方薬の勉強をしているそうだ。お小夜さまらしい。お相手の方とはもう何度も会って、薬のことを教えていただいているとある。案外、お相手の方を気に入られたのかもしれない。

七草も終わったら遊びに来て、とあった。政さんに話すと、ならば何か百足屋さんに用事を作ろうと言ってくれた。

「喜八んとこに、こっちで作った鰤の膾を届けてくれ。ちょっと工夫してみたんで、意見してくれないかってな」

塩焼きの鰤を大根と一緒に膾にする鰤膾は珍しい料理ではないが、そこに細く細く切った昆布の佃煮と柚子の皮を混ぜ込んだのが政さんの工夫だ。

「今日は客も少ないし、ゆっくりしてきな」

政さんはそう言って、やすを送り出してくれた。

やすにとって、歳の近いただ一人の仲良しさんであるお小夜さまも、もうじきお嫁にいってしまう。政さんも、そのことでやすが気落ちしているのを知っていた。せめて暇な時くらいは、お小夜さまと過ごさせてやりたいと思ってくれたのだ。

気持ちがはやって駆け足になってしまいそうになるのを抑えながら、やすは久しぶりに百足屋へと急いだ。

「おやすちゃん、見て見て」

鰤膾を台所に届けて奥座敷に向かうと、やすの顔を見るなりお小夜さまが手招きした。

「これをちょっと見てちょうだい」

お小夜さまはまた綺麗(きれい)になられた。婚礼が日一日と近づいて、衣装の支度やら何やらお忙しいのだろう。そうした準備を重ねてゆくと、どんどんとお綺麗になってゆくのかもしれない。

「これ。よく描(か)けているでしょう」

お小夜さまが得意げに広げた半紙には、男の人の顔が描かれていた。それを見た途端、やすは、ぷっ、と噴き出してしまいそうになるのを堪(こら)えた。お小夜さまの絵はお上手とは言い難いが、ものの特徴を捉(とら)えることはなかなか達者だ。そこに描かれていた男のお顔は、なんとも愛嬌(あいきょう)のある、おかしなものだった。ぎょろりと大きな目に、男なのに長い睫毛(まつげ)。太くてもじゃもじゃとした眉(まゆ)。お鼻はあぐらをかいてどんと座り、唇は鱈子(たらこ)のよう。

が、優しい。

この方はお優しいのだろう、とわかるような、温かなお顔をなさっている。

「この方が、お相手さまなのですね」

やすの問いに、お小夜さまは少し頰を染めてうなずいた。

「変なお顔でしょう。小夜の絵が下手だから変なのではなくて、本当にこんなお顔なのよ」

お小夜さまはころころと笑った。

「お父様もね、ご本人とお会いになってからこっそりと、小夜が嫌ならお断りしてもいいのだよ、とおっしゃったの。お顔があれでは、嫌も無理ない、って。でも小夜は、このお顔がとても好き。だって面白いんですもの。夫婦となればこの先、何十年も毎日顔をつき合わせて暮らすのよ。だったら何度見ても飽きない、面白いお顔の方がいいわよねえ」

お小夜さまは、絵をしまうと菓子鉢をやすの前に置いた。

「南蛮のお菓子よ。おやすちゃん、食べたことある？」

「かすていらは政さんが作ってくれたことがあります。これは何というお菓子でしょうか」

「名前は忘れちゃったの。わふる、とかなんとか。でも美味しいわ。清兵衛さんがくださったの」

「せいべいさん」

「十草屋清兵衛、小夜の旦那さまになるお方。十草屋は日本橋長崎屋と親戚で、お店は同じ日本橋にあるのですって。長崎屋は南蛮人のお宿にもなっていた大店で、だから十草屋も南蛮と取引が盛んなの」

お小夜さまは、肩をすくめていたずらを仕掛けるような顔になった。

「どうせお嫁にいくのなら、少しでも蘭学の気配がある方がいいものね」

「それでお決めになったんですね」

「まずはそれ、ね。十草屋に嫁げば、長崎に行く機会だってあるかもしれない。でもそれだけじゃありませんよ。ちゃんと、清兵衛さんのことも好きになりました。だって本当にお顔が面白いのですもの。それに」

「お優しいのでしょう」

やすはお小夜さまの言葉を先取りし、ふふ、と笑った。

「先ほどの絵を見ればわかります。とてもお優しい方なのだろうと思いました」

お小夜さまは嬉しそうに、はにかんだ笑顔でこくりとうなずいた。

「お歳が少し離れているので、小夜のことは子供扱いされるかと思っていたけれど、ちゃんと小夜の言うことを真面目に聞いてくださるの」

「お小夜さまの夢、蘭方医になりたいというお話はもうされたのですか」

「そこまではまだよ。でも、医術や薬草に興味があるので勉強したいと言ってみたら、書物をたくさんくださったの。それに日本橋長崎屋さんは昔から、バテレンたちが千代田のお城で公方(くぼう)様とお会いする時のお宿をされていたから、蘭学者が集まっていたんですって。なので清兵衛さんも蘭学をかじってらっしゃるの」

「良いご縁でしたね」

　やすは心からそう言った。

「本当に、ようございました」

「お父様も、小夜が蘭方医術に興味があることを覚えてらしたんだわ。地震のあと、この屋敷も怪我人(けがにん)を治療するのに使っていたでしょう。そこで小夜が怪我人の手当てを手伝っていたのを見てらしたのね」

「百足屋の旦那様も、お小夜さまのことがかわいいのだと思います。幸せになってほしいと願っているのだと」

「でも、日本橋に嫁ぐと、品川が遠くなるわ」

「ほんの半日ほどで行き来できますよ。日本橋の大店でしたら、お駕籠(かご)を仕立てることもできますでしょう」

「そうね、駕籠で来ればいいわね。あんちゃん、わたし、あんちゃんに会いに毎日駕籠で来るわ」

「毎日はだめでございます」

やすは笑って言った。

「お小夜さまは清兵衛さまの奥方になられるのですよ。旦那様のお世話をするのがお仕事です。毎日品川にいらしていたのでは、お世話ができません」

「でも当面お店では小夜がすることなんてないだろうし、奥には女中が何人もいて、朝餉(あさげ)も昼餉もお勝手女中が作るんだし、お掃除だって箒(ほうき)も持たせてもらえないのよ」

「お小夜さまは箒をお持ちになりたいのですか」

「別に箒なんか持ちたくないけど」

「でしたらよろしいではないですか。奥のことはお女中に任せて、お勉強をお続けくださいまし。そして何か旦那様にしてさしあげられることはないかと、お考えになればいいんです。お考えになればきっと、見つかります」

「ここであんちゃんと一緒に考える」

「いけません。毎日お里帰りなどしていたら、旦那様がお悲しみになります。お小夜さまに嫌われたのかと思って」

「あら、清兵衛さまは小夜に嫌われると悲しいかしら」

「当たり前です」

　お小夜さまは頬を一層赤く染め、嬉しそうだ。

　気の進まない、親が選んだ相手との縁談だったはずなのに、どうやらお小夜さまは新しい恋を見つけてしまわれたらしい。運の強い方だ、とやすは羨ましく思った。お小夜さまのようなお立場で、好いた殿方の妻となれることは稀だろう。夫婦として歳月を経て愛しく思うようになることはあっても、初めは皆、好きも嫌いもなく、ただ運命に従うだけに違いない。それなのに、お小夜さまは見事に当たりくじをひいてしまわれた。

　なんにしても、これは本当に嬉しいことだった。お小夜さまがお幸せになれる、それだけでやすは胸が熱くなる。

　しかし十草屋清兵衛さまは、お小夜さまとはお歳が離れていらっしゃるらしい。日本橋の薬種問屋の主人ということは、先代が隠居されて継がれたとして、三十、いや四十くらいだろうか。もしかすると、後添えにということかもしれない。

　大切な仲良しであるお小夜さまのお相手ということで興味はあったが、やすはあれこれ訊くのは自重した。やすに知ってもらいたいことならば、いつか必ずお小夜さまの方から話してくださる。

南蛮の菓子はとても甘い良い香りがして、ふわりと柔らかかった。かすていらに似ているが、膨らませずにぺたんと平たく焼いて二つに折り、中に杏を煮詰めたものが挟まれていた。

政さんの話では、料理に砂糖や卵を使うようになったのは、この南蛮菓子からの影響があったらしい。権現様がお江戸を開かれるよりも前から南蛮人は日の本にやって来て、医術やら菓子やら様々なものを伝えてくれた。あの金平糖だって南蛮渡りの菓子である。けれど長い間、おらんだの他は日の本に出入りが禁じられた。黒船以降は、えげれすやふらんすなどの国々も、日の本に入ろうとしているという噂だ。

怖い、と感じる反面、この菓子のように新しいものが日の本に入って来るかもしれないというのは、少し楽しみでもある。政さんは横浜村まで行って、めりけんの人々が食べているものを食べてみたいと言っていた。

「やっぱりあんちゃんは、珍しい食べ物を前にすると顔つきが変わるわね」

お小夜さまに言われて、やすは驚いた。

「わたしの顔が、どうにかなっておりますか」

「ちょっと怖いような、とても真顔よ」

「まがお」

「あんちゃんは、もうすっかり女料理人なのね」

「いえ、とんでもない。まだ修業中です」

「今年からお女中になるんでしょう。お給金もいただけるんでしょう」

「へえ、けれどまだ、料理人などと呼んでいただけるような身では」

「むら咲、というおかしなお店があるんですってね」

「お小夜さま、むら咲をご存知なのですか」

「男衆が噂をしていたの。それにうちの台所の喜八も、食べに行ったらしいわ。あんちゃんも行った？」

「へ、へい」

「どうだった？」

「お味は良かったです。お代もとてもお安かったです」

「女料理人がいるんでしょう、おみねとかいう」

「へい。とても腕の立つ方でした」

「美人？」

「へえ、お顔もお綺麗でした」

「足を見せるんですってね」

お小夜さまは、鼻に皺を寄せてしかめ面をしていた。

「なんだかいやらしいわ。料理人が色香をかもして男の客を集めるなんて」

やすは、何と応えていいかわからずにいた。

「むら咲の店主は、大地震の前は内藤新宿の方で飯屋をやっていたそうよ。でも味の方はさっぱりで、ただ場所がね、岡場所に近くて、出前もするんで繁盛はしていたんですって。喜八の友達に内藤新宿で店を出している料理人がいてね、その人がよく知っていたようよ。でも何年か前の大火事の後、その店はいつの間にか畳まれてた。で、昨年の秋にこの品川で店を開いて、開いたと同時に繁盛して番付にも載ってしまった。よくわからないけれど、何だか胡散臭いわ。品川には遊郭もあるし、飯盛女を置く宿もたくさんあって、別にお上品なところだなんて誰も思ってやしないけれど、料理屋が女の色香を売り物にするのはねえ、ちょっと気持ち悪いわね。お父様も、噂を聞いて渋いお顔をなすってらしたわ」

「さほど、色香が売りというわけでも」

「あら、そうなの？」

「あ、足は出してましたが、着物の裾が少し……。膝の下あたりまで少し見えるくらいで」

「でも普通、料理人はそんな格好、しないでしょう」

「へえ」

「料理の腕が悪くないなら、なおさらそんな格好するなんて変よ。きっと店主に借金で縛られて、泣く泣くそんな格好させられているのね。気の毒ね」


　それが本当だとしたら、おみねさんは確かにお気の毒だ。

が、あの時のおみねさんの強い目力には、借金で縛られて泣く泣くそんな格好をしている、という悲愴さはなかった。むしろ、堂々としているようにさえ感じられたのだ。


　やすは不思議な気持ちだった。世間が噂するおみねという人と、やすの目の前で細やかな手つきで串を回し柳刃を優雅にひいていたあの人とが、同じ人とは思えないほど隔たっている気がしていた。

　楽しい時は瞬く間に過ぎて、やすは後ろ髪をひかれる思いで百足屋を後にした。今度はいつお小夜さまに会えるのだろう。もしかすると、もう会えなくなってしまうかもしれない。

それでもお小夜さまがお元気でお幸せであれば、わたしのことなど忘れてしまわれてもかまわない。寂しいけれど、所詮は身分違い、一生今と同じような仲良しでいられるはずもなかった。

ただ、時折思い出してお文をいただければ。わたしはずっと紅屋にいるのだから、お小夜さまがどこに行かれても、たとえ長崎に行ってしまわれたとしても、文を書いて送っていただければ。そうだ、かなだけではなく、お小夜さまがお書きになる文字くらいは読めるようになろう。政さんにおゆるしをいただいて、番頭さんに漢字を教えてもらおう。

品川大通りに出る手前、以前にあの毛の長い猫を捕まえたあたりまで来た時、背後に下駄の音が聞こえた。

振り向くと、手拭いで顔を覆うようにした、少しあだっぽさのある年増女、といった風情の人が、やすの後を歩いていた。髪が濡れて見えるのは、湯屋の帰りだろうか。

やすが立ち止まると、女も立ち止まった。

「あの」

やすが口を開くと、女は手拭いを取り払った。

あっ。

やすは驚いた。女は、おみねさんだった。着物が地味で着こなしが玄人のようだったのでもっと年上かと思ったのだが、顔は確かに、あの女料理人だ。年の頃なら二十三、四。色白で面長、すっとした切れ長の細い目に小ぶりで形のいい鼻。

「あんたが、おやすさん？」

おみねさんに問われて、やすはうなずいた。

「へい。紅屋のやすでございます」

「先夜は店に食べに来てくれたわね」

「へい。ごちそうさまでした。とても美味しかったです」

「旅籠のくせにやたらと美味しい料理を出すと評判の紅屋、そこのお勝手にいる、犬みたいに鼻のきく小娘、おやす。あんたの噂は、料理人の間でもそこそこ耳にするよ。江戸の月花亭で花板までつとめた政一が、十五の小娘をいちばん弟子にしてるってね。そう言えば、あんたたちが来る前に政一さんも店に来てくれたっけ」

「政さんを知ってなさるんですか」

「向こうは知らないだろうね、あたしのことなんか。でも月花亭の政一の名前は、江戸界隈で料理人してるもんならみんな知ってる。あたしもこの品川に来て、まずは政一さんのご尊顔を拝したいって、紅屋の前に立ってたことがあるんだよ」

おみねさんは、ふふ、と笑った。笑うと顔の険がとれて、少しだけ優しい顔になった。

「あんた、どこかで道草ってわけにもいかないんだろうね、旅籠のお勝手はこれから忙しくなる時分だろ。歩きながら、ちょっと話してもいい？」

「へえ。あの、お湯の帰りでしたら、湯冷めされませんか」

「どのみち帰る方向さ。それにあたしは丈夫なんだよ、湯上りにちょいと歩いたくらいで湯冷めなんかしやしないよ」

おみねさんは、やすに並んで歩いた。下駄のさばきが良くて歩く姿が綺麗な人だった。

「どうだった、あたしの料理」

「とても美味しかったです」

「でも野菜も魚も、あんたんとことは仕入れが違ってものは落ちるだろ」

やすはうなずくのも失礼かと黙っていた。

「仕入れ値の張るもんは扱えないからね、むら咲では。値切って値切って、少々古くたって傷があったたって、食べられるもんなら仕入れるんだよ。それをそこそこ美味いと思える料理に仕立てるのが、あたしの腕さ」

「本当に美味しかったです。それに、いろいろと工夫があって勉強になりました」

「あんたは嘘つきだね」

おみねさんは笑った。

「いろいろと工夫、ったって、あんたの勉強になんかならなかったろ。客に立って食べさせるために着物の裾まくって料理するなんて、あんた真似するつもりかい？」

「い、いいえ、その、工夫というのは……鯛に柿を合わせたり、ひえのご飯にもち米を混ぜて昆布で炊いたり……」

「ふうん。噂はあながち大げさでもないみたいだね。昆布使ってんのがわかったのかい」

「お米が古くても、昆布で炊けばあんなに美味しくなるんですね。それにひえを混ぜれば黄色い粒の色が目について、銀シャリの艶がなくても気づきにくいし」

「ふん、やっぱり同業者は出入り禁止にしないといけないねえ」

おみねさんはまた笑った。

「あの米は、あたしの亭主がただ同然に買い付けて来た、どっかの藩のお蔵米だよ。飢饉に備えて蓄えてるやつさ。そういう米を横流しして小遣い稼いでる奴がどこの藩にもいるんだ。昆布はね、北前船（きたまえぶね）の船頭やってる奴がちょろまかして江戸でこっそり売ってるもんだよ。本来なら上方ではけちまう上物なんだけど、運んでる途中で折れたりするのがあってね、そういうのが流れて来るんだよ。まあこんなこと言ったって、紅屋は闇（やみ）の商売にはぜったい手を出さないだろうから、うちの真似はできないね。だからあんたの勉強にはならないよ、むら咲の商売は」

「ご亭主がむら咲の主人（あるじ）さまなんですね」

「主人さま、なんてたいそうなもんじゃない。亭主ってのは形だけ、あの店はあたしの考えでやってるんだ。あんた、品川中があたしのこと、気の毒な女だって噂してんの聞いてるんだろ。気の毒だがあさましい、愚かな女だって」

おみねさんは歩きながら、下駄で小石を蹴飛（けと）ばした。

「あたしは誰に何を言われたって平気だよ。だけどあんたには、気の毒だなんて思われたくない。同じ女料理人同士、情けをかけられるのは我慢できない」

おみねさんの横顔には、あの剝（む）き出しの強い心が表れていた。料理を客に出している時の、あの顔が。

「あたしは借金で縛られて、あんなことやらされてるんじゃないんだ。あれはあたしが考えたこと。さっきも言ったけど、うちじゃ質のいい野菜や魚を好きなだけ仕入れるなんてことは出来ない。下魚や雑魚、季節はずれの味の落ちる魚とか、傷んだ野菜なんかも料理して出すしかない。だから料理の値段を高く出来ないんだ。安い料理を出して儲けるには、数を売るしかない。一人でも多くの客を呼ばないと。そうなると、座り込んでちびちび酒をすすられたりしたら迷惑だ。さっさと食べてさっさと出てってくれないとね。それで立ち食いを考えついた。屋台みたいに立って食べれば、落ち着かないからそう長居出来ないだろ。けどただの立ち食いじゃ、そうそうお客は来やしない。それで、立てば板場の中がのぞけるようにして、女衆が足でも見せたらどうだろう、そうすりゃ客は黙ってたって自分から立ってくれるだろ。それであんなことやってみたら、大当たりさ」

　おみねさんは、くくっと笑った。

「はしたないかい？　あさましいかね。足をちょこっと見せるくらい、あたしらにはなんでもないんだよ。そのうちどっかから噂が出て耳にするだろうから話しちまうけど、あたしも板場で働いてた女衆も、みんなもとはお女郎さ」

　おみねさんは、あはは、と笑った。やすはどうしたらいいのかわからなかった。驚いた顔をするのもしないのも、おみねさんに申し訳ない気持ちだった。

「亭主の与之助は、以前は内藤新宿で飯屋をやっててね、店は岡場所に出前するんで繁盛してたんだよ。客が馴染みの女郎が空くのを待ってる間に空いた腹に納める握り飯だの酒のつまみだの、そういうのを届けてくれるのさ。時にはあたしら女郎が、たまの贅沢に何か頼むこともあった。けどさ、それが不味くって。与之助には料理の才はまるでなかった。元々は与之助の前の女房が料理してたんだけど、流行病で死んじまったんだってさ。あたしはそんな与之助に、あんたんとこの料理はどうしてあんなに不味いんだい、ちょっとは工夫ってのをしてみたらどうだい、って絡んでやった。与之助はそんなあたしに興味を持って、たまにあがってくれるようになってさ。与之助はあれで博打もしないし岡場所通いもほんのたまにで、こつこつと金を貯めててね。岡場所の女郎くらいはなんとか身請けできた。それであたしたちは夫婦になった。それからあたしは料理に入れこんだ。与之助の不味い飯屋を二年ほどで美味いと評判の店にしてやった。客が増えていくらか蓄えも出来たところで、内藤新宿を離れたんだ。深川に小さな売り店があったんでそれを買って、一膳飯屋を始めたんだ」

おみねさんは、当時を懐かしむように目を細めた。

「店はちゃんと繁盛した。もともと惚れて一緒になったわけでもない、与之助のことはどうとも思ってやしなかったけど、あの頃はけっこう楽しくてね、本気で与之助の子供でもこしらえて、いい夫婦になろうなんて考えてたんだよ。なのに」

おみねさんは、また小石を蹴飛ばした。

「去年の大地震で、店はぺしゃんこ。たまたま少し借金をして店を普請したばかりだった。残ったのはその借金だけさ。あちこち頭を下げてなんとか高利貸の分は返したけど、頭を下げた分はまるまる残ったまんま。そんな時に、与之助の知り合いで品川の遊郭で働いてる男から話があったんだよ。近くに空き店があるからやってみないかってね。それに賭けるしかなかったんだ。ところが来てみたら、店が小さい。畳を敷いて客を座らせるとたいして入らない。しかも奥の板場が狭いんだ。あれじゃまともに料理が出来ない。考えた挙句、板場を前に出して、囲むようにして長卓を置いた。そうすれば奥は煮炊きや下ごしらえだけする場所にできるから、女衆が入っても動き回れる。けどその分さらに店は狭くなっちまった。それもあって立ち食いでやろうと決めたのさ」

おみねさんは、声を強めた。

「だから何がなんでも儲けないとならないんだよ。儲けて借金を綺麗に返さないと。その為（ため）だったら足ぐらい出すさ。女衆だってみんな必死さ。亭主が品川の女郎屋にかけ合って、あの子たちを借りてるんだよ。毎日の店の儲けからあの子たちに日銭を払って、それで女郎屋に金を納めてる。むら咲が儲かればたくさん金が返せるから、年季明けが早まるんだ。反対に店が潰れたら、また女郎に戻らないといけない。もしあの子たちが逃げたら、あたしらが身請けの金を支払う約束さ。だから給金はたっぷり払ってやってる。金さえ手に入るなら、逃げたりしないからね」

やすは、聞いていて目眩がする思いだった。何もかもが型破りだ。そんな商売のやり方があるなんて、思ってもみなかった。

「まともなお女中を雇ったら足を出してくれとは頼めないだろ。女郎だからこそできるんだよ。あたしはね、女郎だったことを恥じてないんだ。女郎だって商売だ、買ってくれる人がいるから売るんだよ。小間物やら着物やら売るのと、どこがどう違うんだい。けど世間はそうは思わない。深川で店をやってた頃は、内藤新宿の岡場所にいたことが知れたら困ると、びくびくして暮らしていた。でも地震で全部なくした時に開き直ったのさ。陰口を言いたいやつには言わせておけばいい、それよりもとにかく金を稼ぐんだ、金さえ稼げばなんとかなる。だから品川で、むら咲を始めた。番付なんかに載っちまうなんてのは考えてなかったけど、まあ店の名が売れて客は増えたから、いいとするさ。でももうじき、あたしが女郎だったことが噂になって、あちこちから嫌がらせされるようになるだろうね。そうでなくても、むら咲はせいぜいこの夏頃には閉めるつもりさ」

「どうしてですか。あんなに流行っているのに」

「見ててごらん。もうじき、むら咲の真似をした店が品川のあちこちにできるだろうからね」

「真似をした店……」

「女の料理人が色気を振りまきながら料理する、そういう店だよ。でもね、あたしと同じくらい腕の立つ女料理人なんざ、そうそういるとは思えない。飯が炊ける程度の女を料理人に仕立てて見世物にして、料理は奥で別の料理人が作る、まあその程度のもんだ。けどそんな店でもいっときは流行る。むら咲に通ってる客だって、別の女の足が見られるとなればそっちにも行くだろう。そういう店が雨後の筍みたいににょきにょきと出来たら、むら咲の売り上げはどうしたって落ちる。そのあたりが限界なんだ。それまでにできるだけ稼いで借金返して、女衆も女郎屋に戻らなくていいようにしてやりたい。だから必死なんだ。とにかく稼がないとならないんだよ。こんなあたしは気の毒かい。あさましいかい」

「いいえ」

やすは、きっぱりと首を横に振った。

「いいえ」

あはは、とまたおみねさんが笑った。

「おやす、あんたは妹から聞いてた通りの子だね」

「妹？」

「知ってるだろ、春太郎さ」

やすは驚いて、今度はその驚きを素直に顔に出した。

「あたしら姉妹は、上州の小さな村で生まれた。噂は聞いてるだろうけど、親は名主でね、飢饉の時に年貢を待ってもらおうと強訴してはりつけにされた。本当ならば家族もはりつけになるところだけど、あたしは十四、妹はまだ幼くて、女の子ってこともあって命はゆるされた。けれどそのまま女衒に払い下げられて売られたんだ。妹は幼すぎて禿くらいしか出来ないからと吉原へ、あたしは歳をごまかせば客がとれるからと内藤新宿の岡場所に。なのでてっきり、妹は花魁になってるんだろうと思ってたんだけど、あの子は運が良かったんだね。吉原から品川に移って、しかも芸者になっていた。品川に来て再会してね、互いに命があったことを天に感謝して、抱き合って泣いたよ。それで春太郎が駆け落ちしそうになったことも聞いたし、それを止められたいきさつも聞いた。紅屋のお勝手女中がでしゃばって、春太郎に、芸を極めたいと言って身請けを断れば、と意見したことも聞いた」

「そ、それは……すんませんでした。でしゃばってすんませんでした」

　頭を下げたやすの手を、おみねさんはそっと握った。

「あたしはあんたに感謝してるんだよ。駆け落ちなんかしてたら、あの子は今頃命はなかった。あんたみたいな小娘に真っ直ぐなことを言われて、あの子は悔しいと思ったのさ。だから生きることを選んだ。あの子たちは駆け落ちしてもいずれは心中するつもりだったろうからね。あんたがあの子を救ってくれた。そのことは一生、恩に着るよ。でもあんたとは、料理人としては勝負したい」

「しょ、勝負？」

「これがなんだかわかるかい」

　おみねさんは、袂から何か取り出してやすに手渡した。それは、七味を入れる小さな瓢箪だった。

「七味でしょうか」

「嗅いでごらん」

　やすは瓢箪の蓋をはずして鼻を近づけた。

「わっ！」

思わず声が出た。

匂(にお)いの洪水に押し流されたような感じがした。

「はは、あんたみたいに鼻のきく人には、ちょっときついだろうね」

「こ、これは」

「嗅いだことないだろう、そんなの」

「へ、へい。とてもたくさんの香りが混ざっていて……一つずつの香りもすごく強くて、それがこんなにいろいろと混ざってしまうとかえって香りの質が弱まりそうなのに、少しも弱まることなく溶け合っていて……嗅いだことのない香りなのに、どこか覚えのある香りでもあるようで……とても不思議です」

「初めてでそれだけわかれば、大したもんだ。けどあんたなら、そいつの正体を突き止めることもできるだろう。どうだい、むら咲が店じまいする前に、そいつの正体を突き止めてみないかい？　香りの謎解(なぞと)きだよ、やってみないかい」

「香りの、謎解き」

「お大尽(だいじん)やお公家(くげ)さんの遊びに、香道ってのがあるんだってさ。お香の香りを当てるんだよ。お香なんざ腹の足しにならないから面白くないけど、これはいちおう、食べ物だからね」

「これが、食べ物！」

「日の本は狭い。日の本を囲んでいる海の向こうには、思い描くことも出来ないくらい広くて大きな国がたくさんあるんだよ。これはそうした国の食べ物だ。久里浜で黒船のめりけんたちに野菜やら何やら納めてるもんがいてね、その人から分けてもらった。ちょっとおもしろい匂いがするんで、魔除け(まよ)けになりそうだから匂い袋の代わりに持ち歩いてたんだよ」

「ではこれは、めりけんの食べ物なのですか」

「それがどうも違うらしいんだ。えげれすのものらしい。えげれすが攻め込んで自分の国にしちまったどこかの国で、これを使うんだってさ」

「そ、それでは、謎解きは難しいです。よその国の食べ物では調べようがありません」

「さあ、どうだろうね」

おみねさんは、楽しそうに言った。

「まあいいからやってごらん。見事謎解きが出来たら、なんでもひとつ、むら咲で出してる献立をあんたに譲るよ」

「いえ、でも」

「おや、もう紅屋が見えて来た。とにかく勝負だからね、本気でやっておくれよ。いつかあんたに、とびきりいい野菜や魚を使ったあたしの料理を食べさせたいねえ。今のむら咲ではそれは無理だけど、店じまいまでにはまた食べに来ておくれ。政一さんも一緒にね」

おみねさんは、すすっと足を速めてやすを追い越し、そのまま去って行った。

やすは、不思議な香りに満ちた瓢箪を手にしたままで、しばらく呆然とおみねさんの後ろ姿が遠ざかるのを、ただ見ていた。

十二　別れの季節

睦月は飛び去るように過ぎて如月となり、梅の花が香り始めた。

瓢箪に詰まった香りの謎は解けないまま、やすはそのことを政さんにも話していない。おみねさんは、あんたと勝負だ、と言った。それはつまり、一人で謎を解いてみろということ。政さんの助けを借りたのでは卑怯だという気がしていた。

むら咲は相変わらずの大繁盛を続けていたが、おみねさんが言っていた通り、どうやらむら咲の真似をする店が現れたらしい。そちらの店は銚子が二本などとは言わず、好きなだけ酒が飲めるようだ。料理の味は噂の限りではかなりお粗末らしいが、料理などどうでもいい、若い女が足を出して料理する姿を見ながら酔うまで飲めるのだから、そちらの店の方がいい、という者も多いようだ。

　このままだと、おみねさんの言葉通りにいずれむら咲は店じまいということになるのかもしれない。もともと長く続けられるような商売でもなさそうだった。とにかく短い間に稼げるだけ稼いで借金を綺麗にし、また新しい店を出す、それが目当てだったのだ。さらに、女郎屋から「借りている」という女衆の背負っている借金も返してしまい、足を洗わせて里に帰してやる、それもおみねさんの望みなのだ。

　本当にすごい人だ、とやすは思う。どんな境遇からでも這い上がって、誰も考えつかなかったような商いを思いつく。

「ちょっと、おやす」

　煮物の味が今ひとつ決まらずに鍋の前で苦心していた時、おしげさんが現れた。

「お泊まりのお客さまがね、あんたと話したいって言うんだけど」

「わたしとですか?」

「うん。お勝手の女中さんの、おやすさんと、って言うんだからあんたのことだろう。品のいい、ご年配の女のお方だよ。着物も質素だけれどかなり上物だし、言葉遣いも丁寧だ。あんたの知り合いにしちゃ、身分のありそうな方なんだけどね」

やすは首を傾げつつ、客部屋へと向かった。

「ごめんくださいまし」

声をかけて襖を開けると、夕陽のさしこむ部屋で火鉢にあたっていたのは、菊野さんだった。

「あらま。菊野さんでしたか」

「お久しぶりね、おやすさん」

「はい、お久しぶりでございます。おあつさんはお元気で」

「ええ、おひいさまはとてもお元気にしておられます。さ、中にお入りなさい。こちらに座って、お饅頭でもいかがかしら」

「いえ、それには及びませんです。まだ仕事の最中で」

「まあよろしいではないですか、せっかくあなたに会いたくてここに泊まったのですから」

やすは菊野さんの前に座った。

「どこかに旅に出られるのですか」

「ええ、清水(しみず)まで。親戚の中ではいちばん仲の良い従姉(いとこ)が清水に嫁いでいて、つれあいが昨年亡くなって寂しいと文をくれたのです。文のやり取りはあるものの、もう十年も会っていないので、ちょうど良い機会だから会いに行くことにしました。女が江戸から出ると言っても、こんな年寄りですから手形はすぐにいただけましたし」

　では、進之介(しんのすけ)さまが言っていたように、菊野さんはおあつさんのいるどこぞの江戸屋敷を下がられたのか。いよいよおあつさんのお嫁入りが近いのだ。

「あの猫はどうしていますか」

「わたくしの実家に連れて参りました。実家は下総(しもうさ)でございます」

「ではおあつさんは」

「おひいさまは、別のお屋敷に移られました。そちらのお屋敷のお殿様の元に養女に入られるのです」

「おあつさんはすでに養女となられているのでは」

「ええ、ですが婚礼の前に、さらに位の高い方の養女となられます」

やすは目を丸くしていた。そんなにまでして身分を整えないと嫁げないなんて。

「おやすさん、そんなに驚いたお顔をされなくても、武家にはよくあることですよ。

身分違いの嫁をもらう時には、行儀見習いをさせた上で身分のある方の養女にしてからもらうものなのです。おひいさまはお元気で、様々なことを笑顔で乗り越えておられます。ご婚礼は秋になりそうです」

「菊野さんはどうして、嫁ぎ先までおあつさんとご一緒されないのですか」

「それができるものならば、何をさておいても一緒に参りましたよ」

菊野さんは、ふう、と溜め息を吐いた。

「わたくしはおひいさまのことがとても好きでございます。あなたもそうでしょう?」

「へい、好きでございます」

「もし叶うのならば、おひいさまはあなたのことも連れて行きたかったでしょうね。おひいさまもおやすさんのことが大好きだとおっしゃっていましたから」

「おあつさんは、もう薩摩の海を見ることは出来ないだろうとおっしゃってました。里帰りはさせていただけないのでしょうか」

「どうでしょうねえ」

菊野さんは頭をゆっくりと振った。

「ずっとずっと先、おひいさまがわたくしくらいの歳になった頃ならば、お里帰りの機会も巡って来るやもしれません。けれど武家の嫁というのは、嫁いだのちは生涯里には帰らない覚悟をしているものです」

「それではお寂しい時もありますね」

「あの方はとても強い方です。どんなにお寂しくても、ご自分の立場を考えて、じっと耐えて生きていかれると思います。それにおひいさまは、あれでけっこう呑気(のんき)なところもあるのです。どんなに辛(つら)いことがあってもきっと、何か楽しいことを探しながら笑顔でやり過ごしてしまわれるでしょう」

「そうですね。おあつさんなら、きっと」

「お返事がいただけるかどうかはわかりませんが、時々文をくださいとおひいさまに言われましたので、文を書こうと思っています。それで、もしお返事が届いた時には、またここに泊まってあなたとお話がしたいのですが。二人でおひいさまの文を読みませんか。おひいさまが、ぜひそうしてほしいとおっしゃいました」

　やすは嬉しかった。おあつさんが、やすにも手紙を読んでもらいたいと思ってくれている。

「おひいさまにお仕えして二年、わたくしはとても楽しゅうございました」

　菊野さんは、どこか遠くを見つめるような面持ちで言った。

「あの方が薩摩から江戸にいらした時、まだおくにの言葉も抜けておらず、天真爛漫(てんしんらんまん)

で、よくお笑いになるお姫様でした。ご教育係は京の都からついていらっしてましたので、わたくしのお役目はもっぱら、お着物を整えたりご所望のお菓子を手配したりと、そういった雑用だったのでございますが、あの方はその……おしゃべりがお好きでいらっして」

菊野さんは、秘密でも打ち明けるように小声になった。

「薩摩のお里での出来事を面白おかしく話してくれましてね。わたくしはおひいさまのことがとても好きになりまして」

「へえ、わかります。おあつさんのお話は、楽しいです」

「それがねぇ……おくにの言葉が抜けるに従って、笑顔が減ってしまわれたのです。厳しい行儀作法の訓練やら、嫁ぎ先のしきたりやお家の歴史などのご勉学が忙しくて、その上、いろいろと気遣いも多かったのでしょうね、食も細られ元気もなくなり。それを心配されたおやかた様が、外の風にあたれば少しは元気になるやも知れぬと。けれどおひいさまはとてもお大切な身、屋敷の外を出歩いて万が一のことがあれば、大変なことになります。それでこの菊野が、おひいさまについて歩くことになったのです。けれど、今だからおやすさんに教えましょうね、実はわたくしの他にも、おひいさまの身を守る為の者がいつも近くにいたのですよ」

「おくまさんのところにもですか！」

「はい、おひいさまがお団子を作ってみたいとおっしゃった時も、ちゃんと外で見張っておりました」

「少しも気づきませんでした」

「そうでしょうね。そうした護衛を言いつかる者たちは、目立たないように振る舞うことができるのです。けれどそうした護衛がいたとしても、ここ数ヶ月、おひいさまはご自分の足で江戸の町や品川をお歩きになり、見たいものを見て、本当にお楽しそうでした。おそらくは、生涯忘れ得ぬ時であったと思います。そして何よりも、おやすさん、あなたと知り合ってお話ができたことが、おひいさまには嬉しかったのです。おひいさまはおっしゃいました。……もし自分がおやすさんのように、町の娘に生まれて女中をして暮らしていたとしたらどんなふうなのだろうと、それを頭の中で思い描くことが本当に楽しい、と」

「頭の中で、思い描く……」

「人はそれぞれ、生まれ落ちたところで生きるしかありません。おひいさまはその気になればいくらでも贅沢ができる御身です。極上の着物も、贅を尽くしたご馳走も、欲しいとおっしゃればすぐに用意されるのです。それはとても羨ましいことなのだとも思います。けれどおひいさまには、あなたのように、働いて暮らすことはゆるされません。心に思う殿方がいたとしても、それを口にすることすらできません。おやかた様の養女となられた時も、おひいさまのお気持ちとは関係なくことが進んだそうです。懐かしい生家のお父上やお母上がご健在であられたのに、引き離すがごとくにおやかた様の養女となられ、そしてそれもつかのま、今度は江戸で、お相手様のお顔を一度も拝することなく、嫁がれることになりました。否も応もないのです。おひいさまはそのことについて、ただの一言も不満だのはおっしゃいませんでした。けれど、自分がおやすさんのようであったらどんなだろうと思い描いて楽しむ、ということそのものが、おひいさまの苦しい胸のうちをあらわしているように、わたくしには思えたのです」

やすは、なぜか胸に痛みをおぼえた。

おあつさんとお小夜さまとは、似たような境遇のように思っていた。けれど、まったく違うものであると今、わかった。お小夜さまも初恋をあきらめて親が決めたお相手に嫁ぐことになったけれど、お小夜さまは自由に不満を口にできたし、心底お嫌いな相手ならば縁談を断ることもできたはずだ。けれどおあつさん……おあつさまは、嫌です、と口にすることもゆるされない身の上だったのだ。品川まで来るだけでも婆やさんがついていただけではなく、こっそりと護衛までがついて歩くほど、すべてを誰かに見張られて生きていたのだ。

そしていよいよ嫁がれてしまえば、今度は、手紙すら自由に出せるかどうかはわからないと言う。

「……おあつさ……まのお相手さまが、お優しい方だとよろしいですね」

やすは言った。ただそれだけを祈るしかない、と思った。

「ええ、本当に」

菊野さんは、なぜか少し悲しそうな顔で、うなずいた。

「お優しい方であっていただきたいです。仲睦まじくお暮らしになられることを、願っております」

❖

夕餉の支度が終わり、膳が運ばれてしまうと、やすは鍋やまな板を洗いながら、ぼんやりと考えていた。

おあつさんもお小夜さまも嫁いでいかれる。どなたかの妻となるというのは、どんな気持ちがするものなのだろう。

自分にもいつの日か、どなたかの妻になる日が来るものなのだろうか。

「おやすちゃん」

呼ばれて我にかえると、横にちよが立っていた。

「何か手伝いましょか」

「え、ああ、でも大丈夫。おちよちゃん、お腹すいたの？　これを洗ったら賄いを用意するから、もう少し待ってて」

「ううん、違うのよ。何か手伝えないかなって」

「奥のご用事は済んだの？」

ちよはうなずいた。

「そんなら、そこらに座って休んでいたら？」

「おやすちゃん」

ちよは、涙ぐんでいた。

「どうしたの、おちよちゃん」

「ごめんなさい」

「え？」

「ごめんなさい、勘平のこと。あたいがひどいこと言ったせいで勘平が出てっちゃったんでしょ。あたい、言い過ぎたってわかってる。わかってるの。でもね、まさか本当に金平糖の親方のとこに行っちゃうなんて思わなかったのよ。それに、金平糖の親方のとこだってわかってて、番頭さんや政さんが勘平をつれ戻さないなんて考えもしなかった。つれ戻されて叱られて、少し懲りればいい、くらいに思ってたの」

「おちよちゃん……」

「あたい、勘平のことが妬ましかったの」

「妬ましい？」

「だって……勘平はみんなに可愛がられて……おやすちゃんだって、勘ちゃん勘ちゃん、って、弟か何かみたいに可愛がってたでしょ。仕事が上手にできるわけでもない、ちょっと目を離すと階段の下で居眠りしてる、そんな子なのに……」

「おちよちゃん、あなたのことだってみんな、とっても可愛がっているじゃないの」

「だからそれは、あたいがばかのふりをしてるからでしょ。勘平は素のまんまでみんなに可愛がられるのに」

「おちよちゃん、ばかのふり、したくないのにしてるのなら、やめたらいいわよ。そんなことしなくたって、みんなおちよちゃんに優しくするわ。この紅屋の人たちは、ばかだから、かわいそうだから優しくしてやる、そんな狭い了見じゃない。お里の母上様が何とおっしゃったとしても、ばかのふりなんてしなくていいのよ」

「……ふりだけじゃなくって、あたいはばかなんですよ。でも、もっともっとばかのふりをしてなくちゃって……」

「そんなことする必要はないのよ。おちよちゃんは、おちよちゃんのままでいればいい」

ちよが、不意にやすの袖をつかんだ。そのままやすの背中に顔を押し付ける。

ちよの嗚咽が、かすかに聞こえた。

「おちよちゃん……」

「……どうしたらいいかわかんない。勘平を連れ戻すにはどうしたらいいか……」

「大丈夫、心配いらないわ。番頭さんも政さんも、勘ちゃんのことを見放したわけじゃないと思う。以前からね、勘ちゃんが料理人には向かないって、政さんも思っていたそうなの。なんとか、勘ちゃんにとって一番いい道を探してやりたいって。もちろん、奉公先を飛び出すなんて大それたことをしでかしたんだから、お咎めなしってわけにはいかないと思うけど、何かの方法で、勘ちゃんの身がたつように計らってくださる。わたしはそう信じてるの。だからおちよちゃんも、もう心配しないで」

ちよの涙の熱さが、着物を通してやすの肌に染みた。

もしかすると、ちよにも、誰にも言えない心の秘密があるのかもしれない。ばかのふりをする、そうしなければいけない、そう頑なに思い込んでいたのにも、理由があるのかも。

やすは体をまわして、ちよを胸に受け止めた。一つ年上のはずなのに、まるで妹のように思えるちよの頭を、そっと撫でてやる。

勝手口から吹きこんで来た夜風が、思いのほか暖かくて、やすは驚いた。

もう春が、そこまで来ている。


やすの頰に、なぜか涙がつたった。

せっかくの春。待ち遠しかった春がやって来たというのに、なぜか、とても愛しい季節が終わってしまった、そんな気がした。

勘平を弟のように愛しく思っていた日々。

お小夜さまと笑い合った数々の時。

なべ先生に絵を習っていたあの日。
おあつさまといただいた、お茶の味。
何もかもが、愛しい季節と共に去ってしまった。
そして、わたしももう、そこに戻ることは出来ない。

さようなら。
やすは誰にともなく、そう心の中で言ってみた。
さようなら。

この作品は、月刊「ランティエ」二〇一九年十月号～二〇二〇年三月号までの掲載分に加筆・修正したものです。

し 4-4

あんの青春 春を待つころ お勝手のあん

著者 柴田よしき

2020年6月18日第 一 刷発行
2024年2月8日第十一刷発行

発行者 角川春樹

発行所 株式会社 角川春樹事務所
〒102-0074 東京都千代田区九段南2-1-30 イタリア文化会館

電話 03(3263)5247[編集] 03(3263)5881[営業]

印刷・製本 中央精版印刷株式会社

フォーマット・デザイン＆シンボルマーク 芦澤泰偉

ISBN978-4-7584-4343-2 C0193

http://www.kadokawaharuki.co.jp/[営業]
fanmail@kadokawaharuki.co.jp[編集] ご意見・ご感想をお寄せください。